Abel Sánchez

Miguel de Unamuno:
Abel Sánchez

Introducción de Luciano González Egido

El Libro de Bolsillo
Alianza Editorial
Madrid

®

Primera edición en «El Libro de Bolsillo»: 1987
Cuarta reimpresión en «El Libro de Bolsillo»: 1996

© De la introducción Luciano González Egido
© Herederos de Miguel de Unamuno
© Alianza Editorial, S. A., Madrid, 1987, 1991, 1992, 1994, 1996
   Calle Juan Ignacio Luca de Tena, 15; 28027 Madrid; teléf. 393 88 88
   ISBN: 84-206-0260-4
   Depósito legal: M. 43.235/1995
   Fotocomposición EFCA, S. A.
   Impreso en Fernández Ciudad, S. L.
   Catalina Suárez, 19. 28007 Madrid
   Printed in Spain

«Yo siempre he de ser yo», Unamuno en *Abel Sánchez*

Publicada por primera vez en 1917, la novela *Abel Sán-chez* no obtuvo una feliz acogida pública, debido proba-blemente, como el mismo Unamuno escribió, en un tex-to de 1920, a que «las gentes huyen de la tragedia, cuan-do ésta es íntima», y lo confirmaría en el prólogo a la se-gunda edición del libro, en 1928, justificando su falta de éxito por «la tétrica lobreguez del relato mismo» y por-que «el público no gusta que se le llegue con el escalpelo a hediondas simas del alma humana y que se haga saltar el pus» [1] (pág. 9). En este prólogo, Unamuno co-

---

[1] Las citas de *Abel Sánchez* se hacen sobre la paginación de esta edi-ción.

rrobora, en situación de lector, estos temores, confesando que, al releer la novela, «que no había querido volver a leer», para preparar la reedición, había sentido revivir en él «todas las congojas patrióticas de que» quiso librarse «al escribir esta historia congojosa». Esta dolorosa dimensión nacional del tema, que muchos de sus lectores podrían haber sentido también, más intensamente vivida en aquellos tristes días de su exilio en Hendaya, y aquel rechazo inconsciente y defensivo contribuirían a aumentar la retracción lectora del público. Y debemos añadir, por nuestra parte, que pudo igualmente limitar su difusión la extrañeza novelística del libro, muy fuera de lo habitual entonces en el género, con la tajante precisión de su textura verbal, la despojada frialdad quirúrgica de su estilo y la arisca rigidez de su estructura narrativa, sin olvidar tampoco, como reconoce el propio Unamuno, la horrible carátula con que él se empeñó en ilustrar la cubierta del libro, que llegó a recibir algunas rechiflas públicas y que reduciría aún más el número de sus posibles lectores.

Modernamente, en el ámbito universitario anglosajón sobre todo, el aprecio hacia *Abel Sánchez* ha ido creciendo. Como puede verse en la bibliografía adjunta, la atención crítica aumenta a partir de los años cuarenta y se inflexiona decididamente en los cincuenta, para afirmarse en los sesenta y en los setenta. Los índices de lectura, a juzgar por su difusión editorial, corren una suerte paralela, debiendo advertir que los lectores extranjeros, mayormente en el caso de Alemania y Holanda, se anticiparon en su masiva valoración de la novela a los españoles, como ocurrió con otras obras suyas; hecho estimable si tenemos en cuenta la extremada complejidad del libro y las dificultades de su versión a otras lenguas, aunque bien es verdad que el tono abstracto de la narración favorecía su traducción y el exilio político de su autor atraía por aquel entonces la opinión pública europea hacia su obra. No obstante, la noticia, trasmitida por Unamuno en 1928, de una tesis doctoral norteamericana sobre su producción literaria, incluida naturalmente esta novela, indica un interés académico por su obra que sobrepasaba en mucho la atención que se le concedía en España.

Esta falta de atención crítica, que se limitaba en el año de su reedición a un par de notas y poco más, podría explicarse por el carácter innovador de esta novela, que se había anticipado en muchos años a las fórmulas novelísticas que se impondrían en la posguerra del 45 [2]. Las nuevas tendencias narrativas del medio siglo último han permitido descubrir con más facilidad los valores literarios de esta pequeña obra maestra de Unamuno, que nació, como toda su literatura, a contracorriente de las poéticas codificadas de su tiempo y que ha sufrido además, como la propia imagen de su autor, el distanciamiento hostil de la incomprensión y de la descalificación apresurada, producto de dos errores básicos: la confusión del juicio crítico sobre las actitudes políticas y morales del hombre Unamuno con la valoración estética de su obra, y la devastación celular de los presupuestos de la literatura directamente comprometida. Los avatares de las contradicciones íntimas de Unamuno, en una situación histórica que tiende a la homogeneización universal y al nuclear conformismo, han propiciado el riesgo de desvirtuar el prestigio de su obra literaria, dañada además por la equí-

----

[2] Julián Palley: «Yo diría que Unamuno fue el primer novelista existencialista y *Abel Sánchez*, la primera novela existencialista», en «Existentialist Trends in the Modern Spanish Novel», *Hispania*, XL, 1961, pp. 21-26.

Vid. Serrano Poncela, «El existencialismo en la novela del siglo XX», en *Cuadernos Dominicanos de Cultura*, núms. 45-46, 1947, y R. Frank, «Unamuno: Existentialism and the Spanish Novel», en *Accent*, IX, 1948-1949, Illinois.

voca semantización de su peculiar vocabulario a contra-
pelo [3].

La gran libertad formal de la moderna narrativa, el há-
bito del impudor de la novela existencial y la reveladora
hermenéutica psicoanalítica, desgastados los modelos de
las novelas naturalista, impresionista, costumbrista e
ideológica o testimonial, han posibilitado el replantea-
miento crítico y lector de la originalidad de esta novela
unamuniana y de su poderosa vitalidad literaria. Ahora,
rotos los esquemas tradicionales narrativos y en plena re-
volución novelística permanente, estamos ya en condicio-
nes de poder abordar el análisis y el gozo de la rigurosa
y apasionante construcción verbal que hace de *Abel Sánchez* una obra excepcionalmente interesante, dentro de la
literatura de Unamuno, de suyo excepcionalmente interesante, y también dentro de la literatura en lengua castellana. Sin embargo, los juicios críticos, muchas veces
vergonzantemente anclados en viejos prejuicios académi-
cos, no son muy favorables a esta novela, como, en general, a toda la obra de ficción unamuniana, que se sigue
escapando a las clasificaciones manuales y a las tradicionales reglas del género, nacida en un momento histórico
en que el género hacía crisis y en que prematuramente se
diagnosticaba su muerte, como hizo Ortega en *La des-
humanización del arte*, 1925.

Los desdenes irónicos, beligerantemente negativos, con
que Julio Casares, en su «Crítica efímera», 1918, recibió
la obra, inaugurarían una veta de incomprensión, que du-
raría queratinizadamente hasta la incorporación de Unamuno a la lista de los intocables, fuera de toda duda, por
los años treinta, aunque siempre susceptible de provocar

---

[3] *Vid.* Luciano G. Egido, «Leer a Unamuno» , en *Cuadernos His-
panoamericanos*, núms. 440-441, febrero-marzo, 1987, ICI, Madrid,
pp. 17-29.

algún sacrilegio iconoclasta. Pero, incluso entre la crítica racional y bien informada, el Unamuno novelista, como probablemente se merece, no deja de recibir reticencias y cuarentenas. Eugenio de Nora, en 1952, después de recordar que hasta 1930 sus novelas «fueron acogidas con discusiones, juicios apasionados y con frecuencia más adversos que favorables», calificaba esta novela de ser «un libro genial, pero truncado... brutalmente pre-literario». Francisco Ayala, comentándola en 1963, dice que «ciertos elementos que hubieran debido insertarse armónicamente en la economía de su composición, aparecen añadidos, como pegotes. Y el lector se queda con el desconsuelo de una obra maestra frustrada por desdén hacia el arte, que no por carencia de facultades». Desde una parecida perspectiva crítica, Martin Nozick, en 1971, volvía a achacarle idénticas insuficiencias: «El mismo poder de algunas de las ideas que él quiso dramatizar necesitaban la creación de un instrumento más adecuado del que él podría ofrecer». En 1976, Ricardo Díez insiste, diciendo que «*Abel Sánchez* pudo haber sido una creación genial...; pero carece de la forma acabada de la gran novela».

José Domingo, en 1974, aunque creía que eran «flojas y aun malas sus novelas, cuando se las mide con el rasero del ritmo temporal, de la verosimilitud y entidad humana de sus criaturas, del histrionismo de parte de sus elocuciones, de la arbitrariedad de algunos de sus desenlaces, no dejan de ser interesantes y valiosas desde otros puntos de apreciación», sin embargo, colocaba a *Abel Sánchez*, junto a *La tía Tula*, como «sus novelas más importantes», reconociendo que se trata de una de las obras de mayor entidad del autor. En la otra orilla, los entusiasmos críticos de José A. Balseiro, en 1928, que naturalmente tanto complacieron a Unamuno, impedían la ecuanimidad y la verosimilitud exegéticas: «Es una de las obras más importantes de la ficción española de todos los tiempos. Y quizá podría añadirse que lo es, asimismo, de las letras de la Europa de comienzos de siglo». En 1943, Julián Marías había escrito que «la primera novela en que Unamuno alcanzó su plenitud de narrador fue *Abel Sánchez*». En 1958, Juan Rof Carballo, por motivos extraliterarios, ya que consideraba esta novela como una ilustración modélica de las teorías psicoanalíticas de Melanie Klein sobre las raíces psicológicas del ser humano, la calificaba como «una de las más hermosas novelas que se hayan escrito» y creía que era la «gran novela de la envidia, sin par en la literatura universal». Entre los especialistas de la crítica literaria actual, Andrés Amorós (1981) coloca a «Unamuno, entre los renovadores de la novela contemporánea, junto a Sartre o Camus, a Graham Greene o Bernanos, a Gide o Robbe-Grillet».

Elaboración

Como si quisiera olvidar su gestación o como si, una vez publicada la obra, Unamuno quisiera olvidar su prehistoria, habló poco de la elaboración de *Abel Sánchez*, en contraste con las frecuentes alusiones que hacía a la preparación de los otros libros suyos, de la que hablaba en su correspondencia, con cierta satisfacción [4]. Sin embargo, algo dijo; en carta al uruguayo Carlos Reyles, en 1916, le confiesa: «He emprendido la preparación de una novela que se llamará *Abel Sánchez,* una historia de pasión... Al estudio de observación y meditación de ella [de la envidia], en la vida y en los libros, he dedicado años, y no fue su obra de las que menos me ilustraron...» [5].

---

[4] *Vid.* las introducciones del profesor García Blanco a los tomos de las *Obras Completas*, Madrid, ed. Escelicer, 1966-1971.

[5] Citada por Carlos Clavería, en «Temas de Unamuno», 1953.

Esta referencia epistolar fija la fecha de elaboración de la novela, 1916, muy inmediatamente próxima a la de su publicación, 1917, y señala las dos fuentes de su inspiración: la vida y los libros, entre los que habrá que incluir *La raza de Caín* de Reyles, sobre el que había escrito Unamuno un artículo, en 1909, titulado «La envidia hispánica» (III, 283-289), que podría indicarnos uno de los momentos determinantes de la gestación de su *Abel Sánchez*.

Esta carta nos hace ver también la rapidez con que Unamuno escribió esta novela, a la que no dejó reposar mucho tiempo en el telar, una vez que se decidió a escribirla, después de una larga maduración en su interior. Esto era bastante insólito en Unamuno, cuyo proceso creador, como ha comprobado el profesor Eugenio de Bustos Tovar, «en numerosísimas ocasiones ocupa un dilatado período de tiempo, en el que la idea inicial —revelada muchas veces en su correspondencia, con una antelación de varios años— se va reelaborando» [6]. Pensemos que *La tía Tula*, publicada en 1921, había empezado a escribirla en 1902, y *Nada menos que todo un hombre* la esbozó, como obra de teatro, en 1905 y no la publicaría hasta 1916; *Del sentimiento trágico de la vida* estuvo escribiéndola desde 1905 hasta 1912, y no digamos nada de su primera novela *Paz en la guerra* que tardó doce años en escribirla. El corto espacio de tiempo que le dedicó a la redacción de *Abel Sánchez* podría explicar en parte la frenética forma en que está escrito y el aire de esbozo pre-literario que le caracteriza. Y esta rapidez pondría de manifiesto también la quemazón que Unamuno sintió al escribirla; como si tuviera prisa por quitársela de encima.

---

[6] «Miguel de Unamuno, poeta de dentro a fuera», en *Cuadernos de la Cátedra Miguel de Unamuno*, XXIII, Salamanca, 1973, p. 78.

Efectivamente, en carta de 20 de julio de 1917, le comunica a Ramón Basterra que ha terminado *Abel Sánchez* y lo califica de «libro doloroso» [7]; lo mismo que confesaría en un artículo de 1924, «De economía literaria», donde dice: «me fue muy doloroso el parto de esta obra», lo que confirmaría después en varias ocasiones, como cuando en 1935 dijo que aquel libro había sido «el más doloroso experimento» que había llevado a cabo, al hundir su bisturí «en el más terrible tumor comunal de nuestra casta española» [8] (II, 552). Esta comparación de su trabajo con el del cirujano que saja un tumor fue también frecuente en sus referencias a esta novela, cuya redacción parece relacionar con el ambiente de un quirófano, llegando a hablar de «novela quirúrgica». Es decir, que no se demoró mucho en la sala de operaciones, pues a mediados del 17 había terminado lo que empezó en 1916.

Sin embargo, la gestación había sido lenta, pues, como él mismo dice, le había «dedicado años» al estudio y a la meditación del tema. Esta forma de hacer era la habitual en Unamuno, cuyo *San Manuel Bueno, mártir*, aparecido en 1930, por ejemplo, inició su cristalización literaria a principios de siglo, surgida de la confluencia, entre otras incitaciones, de la lectura del libro del colombiano Santiago Pérez Triana, *Reminiscencias tudescas* (1902), y de la confesión de un amigo suyo, de la que dio cuenta en un artículo de 1904. O como fue el caso de *Don Sandalio, jugador de ajedrez* (1930), cuyo punto de partida pudiera estar en sus años de estudiante en Madrid, según palabras del propio Unamuno en sendos artículos de 1904

---

[7] Reproducida por Guillermo Díaz-Plaja en *La poesía y el pensamiento de Ramón Basterra*, Barcelona, 1941.

[8] Las citas de los textos de Unamuno se hacen de la edición de *Obras Completas*, publicadas por Ed. Escelicer, Madrid, 1966-1971.

y 1910 [9]. El tema de *Abel Sánchez*, reducido al conflicto fratricida entre Caín y Abel, madrugó en los textos unamunianos y fue madurando a lo largo de toda su obra. El profesor Carlos Clavería [10] ha rastreado las referencias al tema y ha encontrado citas explícitas, que se podrían ampliar fácilmente en artículos, novelas, ensayos, poesías y obras de teatro, empezando por un artículo, escrito en 1898, titulado «En La Flecha», incluido en su libro *Paisajes* (1902), y cubriendo prácticamente toda su obra, pues fueron muchas veces las que Unamuno escribió sobre el sentimiento de la envidia, como pasión del hombre individual y como defecto colectivo del pueblo español.

De tal manera, que todos los elementos constitutivos del tema de la envidia en Unamuno, con los que tejería su *Abel Sánchez*, habían ya aparecido en muchos de sus textos anteriores al libro y seguirían apareciendo también después. Pero la estructura radical de la novela estaba formada por los dos núcleos originales, que él mismo concretó en la citada carta a Carlos Reyles: la vida y los libros. Entre éstos es evidente la sugestión del relato bíblico del *Génesis*, en el que se cuenta la historia de los hermanos Caín y Abel, y la influencia, negada por Unamuno, del poema *Caín* de Byron, del que se han encontrado numerosas huellas en la novela [11]. También se han encontrado rastros ocasionales del *Infierno* de Dante, del Canto VI, en la insistente metáfora del infierno helado, que sufre el protagonista, o traiciones de la memoria lec-

---

[9] *Vid.* Luciano G. Egido, «Salamanca, la gran metáfora de Unamuno», ed. Universidad de Salamanca, 1983, pp. 216-217.

[10] Carlos Clavería, *op. cit.*: «El tema de Caín en la obra de Unamuno».

[11] B.B. Thompson, «Byron's "Cain" and Unamuno's "Abel Sánchez"», Festschriften, Viena, 1971. *Vid.* también el citado capítulo de la obra de Clavería.

tora, como en la frase: «Aquella tarde no pintó ya más», que podría recordar el verso 138 del Canto V: «Quel giorno più non leggemo avante», cuya semejanza está subrayada por la idéntica situación amorosa de los personajes. En cuanto a los afluentes recogidos de su experiencia, Unamuno confesó, el mismo año de la publicación del libro, 1917, que «de la trágica vida cotidiana de estas pequeñas ciudades saqué los materiales del Joaquín Monegro, del torturado Caín moderno, al que dí vida en mi última novela... *Abel Sánchez*» (IV, 1111).

En varias ocasiones más, insistiría en esta fuente de su libro; así, en 1928, en el prólogo de la segunda edición de la novela, confesaría, defendiéndose de la acusación de haberse inspirado en el *Caín* de Byron: «Yo no he sacado mis ficciones novelescas... de libros sino de la vida social que siento y sufro —y gozo— en torno mío y de mi propia vida» (p. 10). Esta fuente interior de su experiencia, la confirmaría en 1935 diciendo que en su «novela quirúrgica *Abel Sánchez:* "ensayé en mí mismo la pluma-lanceta con que la escribí", añadiendo "hay que hacer lo de Quevedo: escribir de la envidia como enfermo que la padece"» (III, 1064).

Christopher H. Cobb [12] ha propuesto la investigación de las circunstancias históricas, políticas y personales, que pudieron haber incidido en la elaboración del libro, a las que se debería, según él, el agudo pesimismo y la particular desolación de sus páginas, no infrecuentes, por otra parte, en la obra unamuniana, como la agria destemplanza de su actitud y el inmisericorde exhibicionismo de la miseria moral, que defendería en el final de *La tía Tula* cuando ésta moribunda, como postrer legado testamen-

---

[12] «Sobre la elaboración de *Abel Sánchez*», CCMU, XXII, Salamanca, 1972.

tario, dice: «Es lo último que os digo, no tengáis miedo
a la podredumbre» (II, 1107). Estas circunstancias, que
hubieran podido influir en la determinación de escribir
un libro tan terriblemente sobrecogedor y desabrido, se-
rían la conflictiva situación española del momento, con
la proclamación de las Juntas Militares en 1916, el clima
de violencia social de la gran huelga general de 1917 y la
brutal repercusión que la gran guerra europea del 14 tuvo
en la vida colectiva española y a la que tantos apasionados textos dedicaría Unamuno por aquellos años [13], sin
olvidar el profundo trauma psíquico que le produjo su ex-
peditiva destitución de rector de la Universidad de Salamanca, en 1914, inesperada y arbitraria, que tanto influi-
ría en su conducta pública y que le empujaría a tomar la
decisión de dedicarse más activamente a la política, lo que
le llevaría al destierro y le produciría un cierto desasosiego de inautenticidad personal.

Igualmente su propósito de escribir una novela sobre
la envidia, que resumiera sus permanentes análisis de esta
pasión, se sintió alentado por su observación, que le con-
tó a Ricardo Baeza, de que faltaba en la literatura de ficción el tratamiento de ésta, hueco que se habría propuesto llenar con su *Abel Sánchez* [14]. De todas maneras, era
un tema que le había obsesionado siempre y que, como
él mismo dijo en 1934, aparecía ya en su primera novela
personal, *Amor y pedagogía:* «En esta novela, que ahora
vuelvo a prologar, está en germen —y más que en germen— lo más y lo mejor de lo que he revelado después
en mis otras novelas: *Abel Sánchez, La tía Tula, Nada
menos que todo un hombre, Niebla* y, por último, *San
Manuel Bueno* (II, 1312).

---

[13] Christopher Cobb, «Artículos olvidados sobre España y la Primera Guerra Mundial», Londres, Tamesis Books, 1976.
[14] Citado por Carlos Clavería en la pág. 105 de su libro citado.

Teoría de la novela unamuniana

Cuando Unamuno, después de haber terminado *Nada menos que todo un hombre* (1916), se puso a escribir apresurada y febrilmente *Abel Sánchez*, cuyo tema le quemaba como una patata caliente en las manos, interrumpiendo la preparación de *La tía Tula* (1921), hacía tiempo que había abandonado la tentación de la novela histórica, que le venía de sus raíces decimonónicas y que le era estrecha para sus intenciones literarias, y había ido ensayando un tipo de novela muy personal, a partir de *Amor y pedagogía* (1902), en la que por primera vez trabajó la materia novelesca según sus propios conceptos estéticos sobre el género. Esta teoría original la expresaría posteriormente en los prólogos a la segundas ediciones de sus novelas: *Paz en la guerra* (1923), *Abel Sánchez* (1928), *Amor y pedagogía* (1934) y, en el de la tercera edición de *Niebla* (1935). En todos estos prólogos, Unamuno expuso sus ideas sobre lo que debía ser una novela, formando una especie de corpus doctrinal estético, que había iniciado en el prólogo de *La tía Tula* (1920) y que completaría con el de *San Manuel Bueno y tres historias más*, de 1932 y 1933.

Un hombre tan reflexivo sobre su propia obra, no podía menos de razonar sus innovaciones novelísticas: «He abandonado este proceder [el de la novela histórica], forjando novelas fuera de lugar y tiempo determinados, en esqueleto, a modo de dramas íntimos» (II, 91), porque «no he querido distraer al lector del relato del desarrollo de acciones y pasiones humanas». Esta abstracción espacio-temporal y esta reducción a lo esencial de las acciones narradas, encerradas en el desnudo decorado de su propia expresión, que son los dos rasgos más evidentes de su poética novelística, obedecía a profundas determinaciones de su poética general, sobre la que elaboraba

tanto sus versos como sus ensayos filosóficos, sus obras
de teatro o sus artículos periodísticos, dominados todos
por una densidad expresiva nuclear, directos al fondo, en
busca de lo esencial del tema, sin concesiones al halago
sensorial o a la comodidad intelectual. Pero además debemos pensar que esta fórmula novelística estuvo asisti-
da por una contaminación de géneros, muy verosímil en
el Unamuno rebelde a cualquier limitación académica y
avezado explorador de lo desconocido, además de iconoclasta.

Efectivamente, en el prólogo a la citada edición de *San
Manuel Bueno*, justificó una vez más la desnudez de sus
relatos novelescos, diciendo: «Creo que dando el espíritu de la carne, del hueso de la roca, del agua, de la nube,
de todo lo demás visible, se da la verdadera e íntima realidad, dejándole al lector que la revista en su fantasía» (II,
305), y señalando el posible punto de partida de ese tan
característico despojamiento suyo de los elementos narrativos, reducidos a su escueto funcionalismo estructural, que dataría de 1905, cuando escribió la primera versión de *Nada menos que todo un hombre*, con el título
de *Todo un hombre* y destinada al teatro: «Como mi novela "Nada menos que todo un hombre", con el título
de "Todo un hombre", la escribí ya en vista del tablado
teatral, me ahorré todas aquellas descripciones del físico
de los personajes, de los aposentos y de los paisajes, que
deben quedar al cuidado de actores, escenógrafos y tra-
moyistas. Lo que no quiere decir, ¡claro está!, que los
personajes de la novela o del drama escritos no sean tan
de carne y hueso como los actores mismos, y que el ámbito de su acción no sea tan natural y tan concreto como
la decoración de un escenario.» Con esta confesión, Unamuno nos da una de las claves de su innovación técnica,
aunque, como ya dijimos, ese realismo interior, esa hui-
da del realismo superficial y del costumbrismo impresio-

nista y sociológico, tenía raíces profundas en su concepto de la comunicación literaria.

Muchas veces insistió Unamuno en sus teorías, como, cuando en este mismo texto de 1932-33, escribe que «tratando de narrar la oscura y dolorosa congoja cotidiana que atormenta al espíritu de la carne y al espíritu del hueso de hombres y mujeres de carne y hueso espirituales, ¿iba a entretenerme en la tan hacedera tarea de describir revestimientos pasajeros y de puro visto?» Y, tratando poco después de su *Don Sandalio, jugador de ajedrez*, añadiría otro rasgo de su teoría de la novela: «Pero voy más lejos aún, y es que no tan sólo importan poco para una novela, para una verdadera novela, para la tragedia o la comedia de unas almas, las fisonomías, el vestuario, los gestos materiales, el ámbito material, sino que tampoco importa mucho lo que suele llamarse el argumento de ella.» Descalificado el argumento, es decir, las peripecias narrativas, después de haber eliminado las descripciones de los personajes y los paisajes de sus acciones y después de haber prescindido de las localizaciones geográficas y de las circunstancias temporales, la novela se le quedaba reducida a la presentación y al desarrollo de los conflictos interiores de sus criaturas de ficción, que tanto podían ser novelescas como dramáticas, en una casi confusión de géneros, al utilizar los diálogos como principal medio de expresión que en el último capítulo de *La tía Tula* se convierten en réplicas teatrales.

Esta técnica, que le dio mejor resultado en la novela que en el teatro, le permitía alcanzar una tensión narrativa, que constituía el principal objetivo de su poética, arrastrando al lector en sus historias, sin solución de continuidad en el seguimiento de sus héroes y de sus angustias. En la «Autocrítica» de *El otro* (V, 654), se volvió a referir a este procedimiento, intercambiable entre dramas y novelas: «Acaso algún espectador pensará que no

corre ni una brisa fresca, ni un hálito de humor por este
sombrío misterio, y no le faltará razón... Pero es que esto
distraería y no he querido distraer. Sé el peligro que se
corre manteniendo la cuerda siempre tensa, la atención
del oyente en un hilo; pero sé el peligro, acaso mayor,
de aflojarla un momento.» En «Cómo se hace una novela» vuelve a borrar la frontera entre los géneros, escri-
biendo que «toda obra de ficción, todo poema, cuando
es vivo, es autobiográfico».

En *Abel Sánchez* (1917), Unamuno aplica con total
exactitud sus teorías sobre la novela, siendo, por tanto,
su novela paradigmática, aunque no sea su mejor obra narrativa. Después de *Paz en la guerra* (1897), había ido de-
purando sus novelas ensayo, lastradas de tesis y escora-
das peligrosamente hacia la demostración, digamos, filosófica, en *Amor y pedagogía* y *Niebla*. Pero, al mismo
tiempo, en sus numerosas narraciones cortas, había ido
desprendiéndose de esas inclinaciones discursivas y había
ensayado unas técnicas narrativas que le permitían contar historias sobre conductas y hechos humanos más vi-
vos, menos trasparentemente dependientes de sus nece-
sidades filosóficas. Este aprendizaje, que le llevaría a alcanzar una perfección, reconocida por la crítica [15], le sir-
vió para dominar la técnica narrativa y aplicarla a la redacción de sus grandes novelas, empezando por *Niebla*,
en la que no consiguió todavía liberarse de un cierto en-
sayismo, y logrando con *Abel Sánchez* su primera gran
novela, en la que, por primera vez, su materia narrativa
se impone a la presencia de las ideas del autor, su densidad psicológica adquiere autonomía vital y el sistema lin-

---

[15] «Perfectos modelos de novelas cortas», M. Romera Navarro, *Historia de la literatura española*, Madrid, 1928, p. 671.

güístico de la obra mantiene la estructura de sus presupuestos significativos.

La demostración de que sus fundamentos teóricos sobre la novela los encarnó en *Abel Sánchez*, es la cantidad
de veces que volvió sobre ella para ejemplificar sus ideas.
En 1934, definió sus novelas como «relatos dramáticos
acezantes, de realidades íntimas, entrañadas, sin bamba-
linas ni realismos en que suele faltar la verdadera, la eter-
na realidad, la realidad de la personalidad» (II, 311-312),
confesando que ha puesto en ellas «las visiones de estas
"profundas cavernas del sentido", que dijo San Juan de
la Cruz»; con todo lo cual estaba describiendo su *Abel
Sánchez*, tal y como lo veía y tal como lo calificó en 1928,
hablando de «hediondas simas del alma humana». Pero
debemos indicar que, a pesar de su acérrima defensa de
sus teorías, Unamuno nunca más aplicaría tan estrictamente su fórmula como en este caso. Y en *La tía Tula*
menos y en *San Manuel Bueno* más, que son dos de sus
grandes creaciones posteriores al *Abel Sánchez*, introdu-
ciría elementos ambientales, incluso paisajes, aunque fueran metafóricos, en ésta última. Aquella sequedad de ce-
cina debió asustarle y llegó a convencerse de que aquel
hermetismo narrativo, que chocaba con los hábitos lectores y defraudaba las expectativas críticas, no iba, nove-
lísticamente hablando, a ninguna parte. Al reeditar, en
1923, *Paz en la guerra*, su novela más tradicional, duda-
ría: «no sé si he acertado o no con esta diferenciación»,
entre escuetas narraciones y libros de paisajes (II, 92).

Y en la presentación de su primera novela innovada,
Amor y pedagogía, entre irónico y temeroso, tomaba sus
precauciones, autoacusándose de que su estilo «peca de
seco y aun de descuidado» y señalando que usa la lengua
castellana «como un mero instrumento sin otro valor propio que el de su utilidad», con un «cierto desdén, no bien

justificado sin duda, hacia las formas exteriores». Pero así
quería hacer sus novelas y así las hizo.

Una pequeña obra maestra

Con *Abel Sánchez*, Unamuno se acerca a ese modelo
ideal de narración despojada, ceñida a lo esencial, des-
provista de halagos corruptores, fuera del tiempo y del
espacio, argumentalmente estricta y alucinantemente densa, que se había propuesto hacer y cuya fórmula resumi-
ría en sus anotaciones previas a la redacción final de *La
tía Tula*: «No imaginación. Abstracciones. El hombre es
idea, la idea hombre» (II, 41). Estos presupuestos teóricos canalizaron la creación de *Abel Sánchez*, que es un
libro duro, casi esquelético, deshidratado y esquemático,
en el que el hombre, los personajes, ofrece únicamente la
descarnada entrega de su alma, traducida en palabras y acciones escuetas, reducida a sus rasgos más diferenciati-
vos. Nunca sabremos qué chaqueta llevaba Joaquín-Caín
el día que riñó por primera vez con su amigo Abel, ni sabremos qué luz había y ni siquiera si era de día o de noche, en la escena en que su hija le comunica su deseo de
meterse a monja; ni si hacía frío o calor, cuando pronunció su famoso discurso, elogioso de envidia. Unamuno
exprime a sus entes de ficción hasta dejarlos convertidos
en meollos fibrosos, incombustibles, como si hubieran
sido devorados por una hoguera que hubiera respetado
sólo sus huesos. A fuerza de estilización hiper-
realista, sus protagonistas, y en ninguna novela es más
exacto el nombre de «protagonistas», es decir, primeros
agonistas, luchadores de primera fila, se convierten en
ideas de hombres, en pura idea, pero —seres concretos a
fuerza de abstracciones—, idea sangrante, humanizada,
universalmente singular, con nombres y apellidos, sacan-

do de esta dualidad germinal, entre lo vivido y lo ideado, todo su atractivo y toda su poderosa originalidad.

Ese viaje a las esencialidades abismales del hombre, en los estratos inconscientes de esas «simas hediondas del alma humana», en las que Unamuno confiesa haberse movido, al escribir su *Abel Sánchez*, se traduce en una prosa sustantiva, de la que prácticamente han desaparecido todas las formas gramaticales adjetivas, suntuarias o eventuales. Nada más lejos del barroquismo narrativo que esta obra de ficción y nada más lejos de las intenciones estilísticas de Unamuno que la prosa rítmica o las sinuosidades envolventes de los párrafos largos. El tejido verbal de la novela, sobre el esquema de la frase cortada e incisiva, puramente funcional, está formado por nombres sustantivos, comunes o propios, y verbos perfectivos, con terminación de hito. Hosco, hirsuto, desangelado voluntariamente, el texto se construye por yuxtaposición de nombres y de verbos sin más conexiones intermedias que las estrictamente necesarias para el desarrollo del discurso. Cada nombre y cada verbo termina en sí mismo, sin prolongaciones superfluas. Seres humanos en acciones directas. Esto le da a su prosa una densidad verbal de pesadilla; esta supresión del aire narrativo, de la luz ocasional, crea un clima de angustiosa asfixia argumental, de mundo estanco, sin fisuras, ni complacencias, obligado lugar de introspección y de lucidez, sartriano infierno de la conciencia, *huis-clos* hermético, subrayado por la cantidad de veces que Joaquín-Caín habla de su «infierno», celda de castigo existencial, sucinta verbalización de telegrama trágico, que ahorra la ganga mostrenca de lo inútil, la trivialidad superpuesta de lo decorativo, para ir derecho a la explosión verbal de la realidad.

Y esa densidad discursiva, esa cerrazón de ventanas, se prolonga y se apoya en las formas estructurales de la narración, que tampoco dejan el alivio de un respiradero ar-

gumental; las acciones van encadenándose con lógica de
mecanismo autónomo. De la niñez a la muerte del dual
protagonista, el libro fluye linealmente, abrumadoramen-
te rígido, sin desvíos, ni meandros narrativos, y lo que
pudieran parecer paréntesis argumentales, como las historias del sablista aragonés, de la esposa abandonada o
del amigo Federico Cuadrado, no son más que afluentes
temáticos, que cierran más todavía el horizonte de la narración. Los capítulos se suceden y se enlazan estrecha-
mente, como puntos y aparte de un discurso interminable, sostenido y tenso, que tuviera en las capitulares de
cada episodio las concesiones puramente tipográficas a la
atención visual del lector. Toda la novela se desarrolla
con reglas de monólogo, dividido en apartados breves,
que terminan para permitir, no el alivio o la reflexión,
sino la recuperación de la insistencia. La enumeración
ordinal de los capítulos no es progresiva, sino concéntri-
ca, no avanzando, sino replegándose sobre sí misma, volviendo sobre los mismos puntos, repitiendo las mismas
situaciones, en un aczar circular, constante y obsesivo.
Joaquín-Caín, desde que descubre el infierno de su situación, va buscando salidas, como su ejercicio de la Medicina, su boda, su hija, el matrimonio de su hija con el
hijo de su enemigo, el proyecto de un libro, etc., que se
resuelven finalmente frente al muro de la imposibilidad.
    La narración técnicamente se organiza en dos niveles,
que confluyen en el mismo punto, como una confirmación de los presupuestos significativos del libro. De un
lado, los casi permanentes diálogos, de una soterrada vocación teatral, que describen las situaciones y los estados
anímicos, con fidelidad fonográfica de grabadora japone-
sa, sin más añadidos que las obligadas acotaciones escé-
nicas que acompañan la acción, como: «Se separaron»,
«Joaquín no durmió la noche de la víspera», «Joaquín palideció», «hubo un breve silencio» o «Helena, la vista en

el suelo, callaba». Por otro lado, el interior del personaje
central, el trasfondo de la acción, la realidad subyacente
debajo de los diálogos, se presenta a través de una «Confesión», primero, y unas «Memorias», después, en las que
Joaquín-Caín cuenta, en primera persona naturalmente,
las repercusiones y las reflexiones que en él levantan los
acontecimientos. Esta doble perspectiva permite abarcar
la totalidad de esa realidad que Unamuno, hombre de to-
talidades y absolutos, trata insistentemente de aprehen-
der; la superficie de las palabras pronunciadas y la profundidad de las palabras escritas se complementan.

La lengua es la misma en los diálogos que en las confesiones de Joaquín-Caín; una lengua neutra, poco per-
sonalizada. Los diálogos, concisos y escasamente colo-
quiales, son los «monólogos dialogados», de que habla
Unamuno en el libro; son como las dos caras de un monólogo, sin más caracterización lingüística de los interlo-
cutores que la exclusivamente situacional, en un castellano culto, ligeramente abstracto y muy unamuniano. Las
confesiones, un poco más discursivas, de párrafos más
largos, utilizan la misma lengua casi profesoral, desmati-
zada, que no rompe la homogeneización lingüística del
conjunto, que se ofrece, también él, compacto, sin fisuras, pues lo contrario hubiera significado la traición a la
ley estilística de la obra. Porque *Abel Sánchez* es una obra
estilísticamente coherente, en la que el fondo, si es posible esta diferenciación exclusivamente hermenéutica, impone la forma, creando la indisoluble unidad de las au-
ténticas creaciones literarias. En este sentido, la violencia
interna de la acción hace cuajar de signos interrogativos
y exclamativos la superficie de las páginas del libro, que
dramatizan uniformemente la materia verbal, encorche-
tada entre interrogaciones y exclamaciones, entre angustias e irritaciones. Todo el libro es un puro grito, sostenido, intenso, ensordecedor, al límite de las cuerdas vo-

cales; los signos gráficos de admiración pueblan el universo tipográfico de la novela; los «¡me das asco!», «¡cállate!», «¡vete!», «¡no digas eso!» o «¡hipócrita!», «¡bandido!», «¡insoportable!», se suceden como las aristas repetidas de una sierra mecánica en movimiento. Y las interrogaciones obsesivas problematizan continuamente el contenido de los diálogos, erosionándolo hasta la exasperación. Perplejidades y apasionamientos se acumulan, reclamando permanentemente la atención del lector, que los sigue como en un tobogán trágico, sin más agarraderas que la lejana esperanza de una liberadora conclusión del relato.

Todo parece abocetado, embrionario, fetal, pre-literario, como dice Eugenio de Nora; pero era así como Unamuno lo quería, en el sumidero vertiginoso de su prospección anímica; ésta era la ley estilística de su testimonio inmisericorde y revulsivo. Hoy, con ayuda de numerosos ejemplos del arte contemporáneo, sabemos que el abocetamiento definitivo es una forma de expresión tan legítima como el terminado formal; ya sabemos que el acabado académico no es un signo necesariamente de perfección, ni que la obediencia a las reglas de los géneros sea una garantía de valor estético. Unamuno lo dejó así y debemos pensar que no por carencia de facultades, sino por expresa voluntad artística. Ya sabemos que la lectura, obligatoriamente sincopada por el estilo, produce un desasosiego, una incomodidad receptora, una especie de frustración masoquista, que irrita en la medida que encanta. Pero debemos pensar que *Abel Sánchez*, exhibicionista y purificador, escrito como acusación pública y como acto de contricción privado, con intención moralizante, tiene algo de sermón y algo de espejo stendhaliano a lo largo del camino de una vida, con exaltación de púlpito cuaresmal y objetividad científica de ensayo entomológico. Unamuno ajusta y controla sus medios de

expresión para conseguir el efecto llamativo y cauterizan-
te de toda su literatura. Es inútil juzgarlo —en el supuesto que la crítica deba juzgar y no tan sólo explicar— desde otras leyes que no sean las suyas propias, desde las
coordenadas de otras poéticas. Unamuno es así y su in-
feliz creación del término «nivola» ocultaba una real conciencia de su originalidad y de su total apartamiento de
las reglas del juego.

Sistema verbal de la novela

De las páginas del texto emergen unas cuantas palabras, con insistencia de reclamo, que se presentan, por su
reiteración y su significado, como los nudos esenciales
del complejo de signos que determina el sistema lingüístico, propio de la novela. Estas palabras, obsesionante-
mente repetidas y trabadas entre sí por evidentes relaciones estructurales, guían la atención del lector hacia los
sucesivos estratos semánticos de la densa prosa unamuniana. No se ha hecho todavía un estudio estadístico del
léxico del libro; pero, en la lectura, salen de ojo estas palabras, que cargan con la función de crear el nivel más
profundo de la realidad literaria del texto. Son palabras
que inevitablemente pertenecen al vocabulario genérico
unamuniano.

La primera palabra, ineluctable, tratándose de Unamuno, es el pronombre personal de la primera persona, ese
«yo», que ya en su «Diario íntimo» (1897) lo reconocía
culpable de lo que llamaba su «yoización», ese «yo», del
que decía que no había mejor modo de iniciar un ensayo
y un manifiesto, ese «yo», alrededor del que se teje el infierno de Joaquín-Caín. De los dos estratos narrativos,
en los que se desarrolla la novela, el de la vida pública de
su protagonista y el de sus «confesiones» privadas, éste,

por su propia naturaleza, está dominado por ese yo, sub-
jetivo, desde el que escribe; ya en la primera cita de ese
texto íntimo de Joaquín-Caín, en la primera página de la
novela, se impone necesariamente la presencia del «yo»,
frente a la contraria presencia del otro, el «él» de las con-
fidencias cainistas: «Ya desde entonces era *él* simpático,
no sabía por qué, antipático *yo*, sin que se me alcanzara
mejor la causa de ello» (p. 13). Este juego de oposición,
realzado además por el contrabalanceo estilístico del paralelismo gramatical de los dos términos de la contradicción, se repetirá en la segunda cita de la «Confesión», en
que el «otro» se duplica en el «ellos» —él y ella—, que
cerrará el círculo infernal de la existencia del «yo». Esta
segunda cita se abre con un «pasé una noche horrible»,
en la que el pronombre implícito introduce el sujeto de
todas las angustias personales: «Tuve fiebre», «me amodorraba en sueños acerbos», «nací al infierno de mi
vida»,...

Pero este «yo» confidencial e implícito se repite igualmente en la narración de los hechos públicos, que se cuaja
de «yos» explícitos, como es frecuente en Unamuno, gra-
maticalmente redundantes y a veces hasta enfáticos, pero
significativamente muy necesarios. Y siempre relaciona-
dos dialécticamente con el «tú», como obligado reflejo de
su existencia, como inevitable fondo de su contrastada
realidad. Unamuno confirma explícitamente esta dialéctica, generadora del conflicto entre el «yo» y el «tú»,
cuando escribe en el primer párrafo del libro: «Aprendió
cada uno a conocerse conociendo al otro», donde el «tú»
aparece como el testigo creador del «yo», origen del au-
toconocimiento y puerta abierta de todas las angustias.
Este «yo» nuclear interviene, como signo delator, ya en
el primer diálogo de la novela, en boca de los dos protagonistas, y ya no abandonará la narración:

—¿*Yo*?, ¡pues no he de quererlo [dar un paseo]...! —exclamó Abel—. Sí, hombre, sí; como *tú* quieras...

—¡No, como *yo* quiera no! ¡Ya te he dicho otras veces que no! ¡Como *yo* quiera, no! ¡*Tú* no quieres ir!

—Que sí, hombre...

—Pues entonces no lo quiero *yo*.

—Ni *yo* tampoco...» (14)

Como se ve, el enfrentamiento del «yo» y del «tú» se resuelve con una insistente reafirmación del «yo» de uno y otro protagonista; pero no olvidemos que todo ha partido, en este breve diálogo, para confirmar la dialéctica unamuniana, en un «tú» inicial, que abre la marcha, antes de la cita: «Por mí, como *tú* quieras...» (p. 13). Después, todas las intervenciones de Joaquín-Caín rebosan de «yos», en una interminable sucesión de afirmaciones personales y de preocupaciones subjetivas: «Es que *yo* no he de dedicarme al oficio de curar enfermos» (p. 15); «*Yo* aspiro a más» (p. 15); «*yo* aspiro a abrir nuevos caminos» (p. 15); «¿*Yo*?, ¿*Yo*?» (p. 16); «¿Incomodarme *yo*?» (p. 19); «¿*Yo* soy *yo*?» (p. 30); «*Yo* soy quien no tiene salvación ya» (p. 30); «No dejaré *yo* que se muera» (p. 31); «¡el caso soy *yo*!» (p. 32); «¿Y querré *yo* a mi mujer?» (p. 33); «*Yo* soy antipático, ¿no es así?» (p. 35); «¡*Yo* la dejé morir y él la resucita!» (p. 38); «Mas tampoco *yo* encontré algo que conmigo simpatizara» (p. 49); «¿llegué *yo* a querer de veras a mi Antonia?» (p. 49); «¿Qué hice *yo* para que Dios me hiciese así...?» (p. 59); «*Yo* quería haberme hecho famoso...» (p. 64); «*Yo*, *yo* soy el que te quiere...» (p. 65); «Lo que *yo* necesito es soledad...» (p. 71); «Y *yo* no amo al prójimo...» (p. 72); «*Yo* no puedo...» (p. 81); «*Yo* no estoy bien; *yo* sufro» (p. 90); «—No, no lo tenía pensado *yo*, *yo*, tu padre, tu pobre padre, *yo*...» (p. 91); «lo habría descubierto *yo*, *yo*, tu padre, *yo* lo habría descubierto...» (p. 96); «le he matado *yo*, *yo*...» (p. 116); «*yo* le maté» (p. 117), etc. No hará falta subrayar el carácter redundante y enfático de muchos de estos ejemplos del «yo» de Joaquín-Caín. Los otros personajes, aunque en menor proporción, también emplean el «yo», como Abel que dice en una ocasión: «*Yo* siempre he de ser *yo*» (p. 109).

La contradicción entre el «yo» y el «tú» —«él», cuando el otro no está presente— es asimismo constante en el texto, en boca de Joaquín-Caín: »*Tú* el simpático, *tú* el festejado, *tú* el vencedor, *tú* el artista... Y *yo*...» (p. 23); «que era *yo* el médico, el antipático, quien habría de darle aureola de gloria, y no *él*, no el pintor» (p. 30); «Bien digo *yo* que *tú* eres un pintor científico» (p. 44); «Ser odiado por *él* con un odio como el que *yo* le tenía...» (p. 52); «*El* ha hecho en su arte lo que *yo* había querido hacer en el mío» (p. 55); «Eso ya lo sabía *yo*, porque en el fondo *tú*...» (p. 77), etc. Como veremos, esta contradicción personal se repite en el paralelismo enfrentado de los personajes, también construidos dos a dos, en oposición, y en la adjetivación dedicada a los protagonistas, que califica la contradicción entre el «yo» y el «tú», subrayada por la mujer de Caín: «Trabaja *tú*... no vales menos que *él*» (p. 42).

Parece natural que en un libro sobre un caso de envidia, sea esta palabra la que, después del «yo», más se repita; pero debemos advertir que no aparece desde el principio, como si su aparición coincidiera con la paulatina toma de conciencia del protagonista, que la sufre antes de ponerle nombre y, desde luego, conocida antes por los otros que por él: «¡No es más que un *envidioso*!» (p. 27) y descubierta en los demás antes que en él: «Estas gentes del pueblo todo lo atribuyen a bebedizos o a *envidia*... ¿Que no encuentran trabajo? *Envidias*... ¿Que les sale mal algo? *Envidias*. El que todos sus fracasos los atribuye a ajenas *envidias* es un *envidioso*. ¿Y no lo seremos todos?» (p. 39), llegando a decir: «¡[La envidia] es el pecado original!» (p. 39). A partir de este momento, la palabra «envidia» aparece periódicamente en las páginas del texto: «El alma de Caín, de la *envidia*» (p. 45); «Dios veía ya en Caín el futuro matador de su hermano..., al *envidioso*... —Entonces es que le había hecho *envidioso*» (p. 45); «Caín, el padre de la *envidia*» (p. 55); «Tú sabes que está muerto de *envidia* de ti...» (p. 57); «Es *envidia*... *envidia*» (p. 58); «eso es más bien *envidia*» (p. 59); «Todo odio es *envidia*» (p. 59); «Todo eso [el reaccionarismo, la gazmoñería] me parece que no nace sino de la *envidia*» (p. 61); «El origen de toda ortodoxia, lo mismo en religión que en arte, es la *envidia*» (p. 61); «Caín fue el padre de los *envidiosos*»... «Pero la *envidia* de Caín era algo más grande» (p. 62); «...también de eso de tener una amante le tienes *envidia*?» (p. 65); «Si hubiésemos tenido dos [hijos], habrían nacido *envidias* entre ellos» (p. 68); «¡Ah, si me *envidiase*..., si me *envidiase*!» (p. 72); «¡Ser *envidiado*! ¡Ser *envidiado*!» (p. 72); «¿me *envidio* a mí mismo?» (p. 72); «Ese hombre me *envidia*, me *envidia*» (p. 93); «Y serás la cifra del *envidioso*» (p. 102); «...creer que toda la pasión que bajo su aparente impasibilidad de egoísta animaba a Abel era la *envidia*, la *envidia* de él, a Joaquín, que por *envidia* le arrebatara de mozo el afecto de sus compañeros, que por *envidia* le quitó a Helena» (p. 102); «Eso es *envidia*, hijo, nada más que *envidia*» (p. 104); «la *envidia* es una forma de parentesco» (p. 105); «¿Por qué he sido tan *envidioso*, tan malo?» (p. 118).

La otra palabra, que, unida al «yo» del protagonista y correlativa con la «envidia» que le acompaña, se repite con reiteración significativa, es la palabra «infierno», rodeada de su correspondiente campo semántico de «demonio», «diablo», «condena», «penas», «tormentos», etc., y sus adjetivos derivados, como «infernal» «diabólico», etc. A poco de iniciar la transcripción de la «Confesión» de Joaquín-Caín, Unamuno cita esta frase, que define una importante parte de toda la novela: «Aquella noche nací al *infierno* de mi vida» (p. 26). Con estas palabras se introduce en la narración la idea del infierno, que, al no abandonar nunca las páginas del libro y al estar siempre unida al «yo» del protagonista, confirma esta precoz afirmación confidencial suya y establece el clima en que su existencia se va a cumplir. Como las anteriores palabras-signo, ésta también se repite cada cierto tiempo narrativo y mantiene en el lector el ámbito permanente de sus sugerencias subliminales. Recordemos algunos ejemplos, sin agotar las citas, particularmente expresivos: «los abelitas han inventado el *infierno* para los cainistas...» (p. 47); «empecé a creer en el *Infierno*» (p. 47); «¡Era el *Infierno*!» (p. 50). En cuanto al demonio y al diablo, son muy frecuentes sus apariciones: «el *demonio* anda por la tierra» (p. 33); «¡Pobrecilla! No sabe lo que es el *demonio*» (p. 54); «la lucha gigantesca de aquel alma con su *demonio*» (p. 54); es significativa la transformación del «ángel de la guarda» en el «demonio de la guarda», que acompaña a Joaquín-Caín: «Su *demonio* de la guarda» (p. 74) y «luchar con su enemigo invisible, con el *diablo* de su guarda» (p. 41), que se prolonga en sus alusiones a su «demonio» particular: «le dijo a Joaquín su *demonio*» (p. 55); «mi *demonio* me decía» (p. 80) y «el relato de su lucha íntima... con aquel *demonio* con quien peleó casi desde el albor de su mente» (p. 100); lo mismo podríamos decir de su sinónimo, sinónimo en este texto unamuniano, el diablo: «un *diablo* que le decía» (p. 40) y su adjetivo: «infame oración *diabólica*» (p. 72) o de su nombre propio: «*Luzbel* estaba entre mi Adah y yo» (p. 49). Estas referencias al infierno se completan con las frecuentes alusiones al «infierno helado» del Canto VI del *Infierno* de Dante y a la propia aparición del poeta: «como van arrastrados por el Dante los que colocó en el Infierno» (p. 102).

Este «yo» de la «envidia» en el «infierno», que centra el sistema lingüístico de la novela, se ve asistido permanentemente por la expresión de la negatividad continua que oscurece todo el relato y que le da la razón a su autor, que, como vimos, hablaba de su «tétrica lobreguez», que se manifiesta en la acumulación abrumadora de negaciones que acompaña a toda la narración y que, probablemente, como un símbolo inconsciente, se inicia en la apertura del libro («*No* recordaban Abel Sánchez y Joaquín Monegro...» —p. 13—) y se termina en sus palabras finales: «*No* quiso o *no* pudo proseguir» (p. 119). Entre ambas negaciones, como un fondo constante de oscuros rechazos y de desoladoras impotencias, los signos de una negatividad inmediata se suceden como los signos más patentes del fondo obsesivo del libro: los «*no* sabía», «*no* lo conseguía», «*no* me explico», «*no* podía», «*no* te entiendo», «*no* lo sé bien», «*no* quiero recordar», «*no* hablemos más de ello» se van acumulando en la memoria del lector, alternando con los «*No*, eso *no*», «*No* y oye», «*No*, pero tú...», «¡*No*! ¡Menos que nunca!», «*No*, Helena, *no*», «*no* hay alma», «*no*, si *no* vuelvo a nada», «¡*No*, hombre, *no*!», «*No*, eso *no* se puede», «Pues *no*, hija, *no*», «¡*No*, *no*, *no* quiero que digas luego...», «Pero, *no*... Pero, *no*», y con los amontonamientos de negaciones como los de la primera página: «¡*No*, como yo quiera, *no*! ¡Ya te he dicho otras veces que *no*! ¡Como yo quiera, *no*! ¡Tú *no* quieres ir!» (p. 14); «*no* es lo peor *no* ser querido; lo peor es *no* poder querer» (p. 33) o «*No*, *no*, eso *no* puede ser; eso *no* lo quiere Dios, *no* puede quererlo, ¡te digo que *no* lo puede querer!» (p. 87).

El nombre propio de los personajes

Unamuno bautizaba siempre a sus personajes con intención; unas veces se basaba en la etimología de los nombres, de tal modo que el nombre delatara el ser del personaje, como en el caso de Apolodoro, el hijo de don Avito Carrascal, de *Amor y pedagogía*, y otras veces elegía los nombres por las resonancias que tenían en la memoria cultural de los lectores, para guiar su atención hacia las características más significativas de su criatura, como hizo en *Nada menos que todo un hombre*, a cuyo conquistador protagonista llamó Alejandro. Y en algunos casos, la etimología se sumaba a las resonancias culturales, como en *San Manuel Bueno, mártir* [16]. Porque Unamuno quería que los nombres propios fueran efectivamente «propios», porque pensaba que «a los hombres, como a los libros... de ser los nombres significativos, debían ponérselos "a posteriori", después de nosotros acabados» (I, 1116-1126).

Con estos presupuestos era inevitable que los nombres de *Abel Sánchez* fueran un signo más de la novela y tuvieran su lugar en el sistema de signos de su construcción verbal. Como dos símbolos, dos nombres verdaderamente sustantivos, en el clima de abstracciones-concreciones en que se mueve el libro, los nombres de los protagonistas, Joaquín Monegro y Abel Sánchez, se repiten a lo largo de las páginas como una intermitente llamada de atención, como un parpadeo subliminal que deja huella. A falta del nombre Caín en castellano, Unamuno bautizó a su personaje central con un nombre fonéticamente semejante, con la agudeza final de la «i» tónica y la anterior apertura vocálica de la «a». Y para que no hu-

---

[16] Thomas A. Lathrop, «Greek Origin Names in "San Manuel Bueno, mártir"», *Romance Notes*, núm. 11, pp. 505-506, 1970.

biera duda sobre su predestinación trágica, le colocó de-
trás el oscuro apellido de Monegro, que deja en el sub-
consciente lingüístico del lector el rastro de una amenaza
tenebrosa, estéril o infernal. Con su antagonista tuvo menos problemas; el nombre bíblico de Abel perdura, salvado de la reprobación y el olvido por la aceptación divina de sus ofrendas, como una garantía de las virtudes
implícitas en el nombre. Y le coloca el «Sánchez», colectivo civil, inocuamente irrelevante, desprovisto de cualquier matización, vulgar en su fácil generalización de símbolo y voluntariamente despersonalizado frente al fuertemente individualizado «Monegro», como una confesa-
da preferencia del autor.

La caracterización adjetival de ambos personajes repite
la estructura del cliché bíblico y opone contradictoria-
mente sus cualidades respectivas. Caín-Abel, trabados
por sus determinaciones mutuas, representan una pola-
ridad constante, que se concreta en las parejas de sus
calificaciones: aplicado-listo, serio-gracioso, reconcentra-
do-abierto, introvertido-extrovertido, desgraciado-feliz,
voluntarioso-inconstante, pesado-ligero, monógamo-
mujeriego, envidioso-envidiado, suspicaz-inconsciente,
médico-pintor, sedentario-nómada. Unamuno insiste en
el maniqueísmo de la oposición y todo lo que es profun-
dización en Joaquín-Caín es superficialidad y exteriori-
dad en Abel, en mucho más que un claroscuro delator,
en una violenta contradicción, en una significativa com-
plementariedad que se mantiene desde la primera página,
en que se establece la dialéctica de sus relaciones
—«Aprendió cada uno de ellos a conocerse conociendo
al otro»—, hasta la muerte final de ambos protagonistas,
que cierra la novela como un simbolismo más, que se rea-
bre con el nombre del nieto común, que llamándose Joaquín, otra vez, prolonga la tragedia y perpetúa el tema.

Todos los demás personajes, como estos dos, viven tra-

bados dialécticamente, definidos por contraste en relación
con otro personaje. Helena y Antonia, las respectivas mujeres de Abel y Joaquín-Caín, repiten el doblete dialéc-
tico de sus maridos. Helena, de raíz griega, es la femini-
dad clásica, emblemática y superficial, el sueño sexual, eje
trágico de las desavenencias entre los hombres como
Unamuno había recordado en *Amor y Pedagogía* (II, 381)
con versos de las *Sátiras* de Horacio. Es la Helena de la
guerra de Troya, la encarnación de la belleza física, a la
que se caracteriza siempre carnalmente, la real hembra de
la imaginación erótica provinciana, provocativa, desdeñosa, la impasible mujer-madre dominadora, del lenguaje psicoanalítico, «una pava real», «boca carnosa», «ojos
que no miran», «color como de india brava», «belleza
profesional», «hermoso estuche de vanidad», «sueño de
la juventud perpetua», «espléndida hermosura casi intacta por los años». Frente a Helena, la madre buena del psi-
coanálisis, Antonia, la esposa madre de toda la literatura
unamuniana, con todas las reminiscencias cristianas, de
humildad y milagros del amor, procedentes del San An-
tonio tutelar, es la encarnación de la espiritualidad, del
alma frente al cuerpo; es el negativo cristiano del paga-
nismo de Helena. Es la mansedumbre y el sacrificio; es
la incontaminada espontaneidad de la bondad inexplica-
ble. «Antonia había nacido para madre: era todo ternura,
todo compasión» y su sangre era «agua de bautismo»,
«redentora», porque «sólo su sangre... puede salvar a sus
hijos, a sus nietos», porque «es la sangre sin mancha que
puede redimirlos». Como se ve su caracterización se hace
a base de signos cristianos.

Los demás personajes quedan desdibujados y llevan
una vida de satélites alrededor de estos cuatro centrales.
Los hijos de ambas parejas cargan con el papel de antí-
tesis frente a sus padres, y representan el segundo momento de la dialéctica hegeliana, que Unamuno desarro-

lla en la novela, al unirse en matrimonio, camino de la síntesis de su hijo, nieto de los protagonistas, con las confundidas sangres de sus abuelos, «hijo de contradicción», como Job, como cualquier hombre, como Unamuno se apresura a consignar, por si la cosa no quedaba clara. Fuera de la familia existen otros personajes, que contribuyen a fijar los signos de los protagonistas, sobre todo de Joaquín, como su ácido amigo Federico Cuadrado, casinero, que ya había aparecido en otra novela, irónicamente bautizado «Federico» pacífico, o su ocasional confesor, el Padre Echevarría, también irónicamente bautizado «Casa nueva».

Autobiografía y autocitas

«El alma de Joaquín Monegro es la suya» ha escrito Ricardo Gullón (119), refiriéndose a Unamuno. Y, efectivamente, Joaquín-Caín podría ser Unamuno por muchos de sus rasgos, por muchas de sus palabras y por algunos de sus recuerdos. Porque Joaquín-Caín es Unamuno en mayor medida en que toda criatura literaria reproduce a su autor, sus ideas y sus anécdotas, y máxime si creemos que, como dijo él, «toda gran novela es autobiográfica». Esta posible identificación del creador con su personaje, que por supuesto nunca puede ser completa, cuenta con numerosas confirmaciones, que sobrepasan las frecuentes autocitas de escritores tan fuertemente personales como Unamuno, que son siempre inevitables y hasta agradecidas. Ningún libro suyo está tan lleno de autocitas, que llegan a tanto, que componen casi una verdadera antología de su pensamiento, sobre el ser, la personalidad y la inmortalidad; aquí está todo Unamuno: sus angustias, sus trágicas interrogaciones y su defensa del sentimiento frente a la razón, de la vida frente al arte y del amor frente al egoísmo. Hay muchos motivos para atreverse a pensar que el sesgo autobiográfico de *Abel Sánchez* alcanza los caracteres de una confesión, confirmada por el propio Unamuno. Esta novela, como *La caída* de Albert Camus, sería la purgación literaria, una especie de catarsis verbal, de su autor para liberarse de su conciencia angustiada por el reconocimiento de sus culpas. Y es imprescindible acudir a la sombra cultural de la idea del pecado original, de la tradición cristiana, en que ambos autores nacieron y de cuya herencia moral se nutrieron en su formación espiritual.

Parece evidente que Unamuno construyó su personaje con muchos elementos de su propia vida, sabiendo sobre todo que siempre escribió una literatura autobiográfica y que su obra ha podido definirse como «una constante mirada al pozo de su inconsciente» [17]. Pero, en concreto, en esta novela es, junto a su máxima creación del género narrativo, *San Manuel Bueno* (1930), donde lo autobiográfico rozó casi el impudor y el exhibicionismo, por la inmediatez de su formulación, lejos de la elaboración poética de sus permanentes confesiones en versos y de las trasferencias filosóficas de los autorretratos de sus ensayos, y por la reiteración de las referencias a ideas ya expresadas en otros libros, hasta tal punto que este material autoinducido constituye una de las más importantes partes del sistema de signos de la novela, vista en el conjunto de la obra unamuniana y leída como algo más que la novela de la envidia; pero, incluso leída como tal, adquiere el nivel de una antología de sus ideas sobre el tema.

Como dice el profesor Abellán, «la envidia es un sentimiento demasiado patente en la obra de Unamuno,

---

[17] C. Feal-Deibe, «Unamuno, el otro y Don Juan», Barcelona, 1976, p. 27.

como para que no fuese vivido y experimentado honda-
mente» [18]. Antes recordamos su confesión de que para escribir este libro ensayó en él mismo su pluma-lanceta, lo
que ya había adelantado cuando, en 1928, había dicho
que, como todos sus libros, aquél también lo había sacado de la vida social y de su propia vida. Y, en ninguno
de sus libros, esto parece tan evidente como en *Abel Sánchez*, en el que explaya todos sus conocimientos de es-
pecialista sobre la envidia, una pasión que había venido
sufriendo desde joven, si hemos de creer el testimonio de
su amigo Jiménez Ilundain que, en carta de 1899, desde
París, a su amigo Areilza, le decía, hablando de Unamuno: es un hombre perdido para la ciencia «mientras no
se desprenda de la envidia y la egolatría que le tienen con-
sumido» [19]. Y el profesor Clavería escribió: «Quién sabe
si Unamuno no asoció al tema de Caín y a su obsesión
por la envidia hispánica, algo más íntimo y secreto que
había experimentado y sufrido en su propia vida, algo
que sólo puede suponerse conociendo alguno de los detalles de la vida de don Miguel de Unamuno»..., desvian-
do la sospecha de envidioso hacia su hermano menor, lo
que contradice las adquisiciones del moderno psicoanáli-
sis, que acepta la idea de que la envidia se reactive por el
intrusismo del hermano más pequeño en la vida infantil
amenazada del mayor, lo que el relato bíblico confirma
al poner delante el nombre de Caín del de Abel, supo-
niendo su primogenitura y corroborando las tesis psicoanalíticas.

Pero no es sólo el tema de la envidia lo que hace de
Abel Sánchez un libro autobiográfico; hay muchos más

---

[18] *Unamuno a la luz de la psicología*, Madrid, ed. Tecnos, 11964,
p. 96.
[19] Carta de París, en 1899, en H. Benítez, «El drama religioso de
Unamuno», Buenos Aires, 1949.

elementos que amplían y precisan el aire de confesión personal que tiene toda la novela, pues, para empezar, Joaquín-Caín, como Unamuno, no sólo es envidioso, sino monógamo y casinero a regañadientes, entre otros detalles comunes, como el de sus crisis nocturnas o sus tentaciones de suicidio.

«¡Hijo mío!».—El detalle más sorprendente es la utilización de una dolorosa anécdota personal en el entramado argumental del libro. Como es sabido, la noche del 23 de marzo de 1897, se desencadenó la famosa crisis espiritual de Unamuno, que se manifestó violentamente con ahogos respiratorios, dolor precordial y llanto desesperado, que su mujer trató de aliviar, consolándole con un «¡Hijo mío!», que se le quedaría en la memoria y que recordaría en muchos de sus libros [20], entre los que está *Abel Sánchez*, en el que cuenta que

el pobre hombre [Joaquín-Caín] rompió en unos sollozos que le ahogaban el pecho, cortándole el respiro. Se creía morir:
—Antonia..., Antonia... —suspiró con un hilillo de voz apagada.
—¡Pobre hijo mío! —exclamó ella abrazándole.
Y le tomó en su regazo como a un niño enfermo, acariciándole (p. 42).

La escena ficticia reproduce exactamente, con un impudor que sobrecoge, lo que pasó en la alcoba real aquella noche.

Mujer-madre.—La anécdota anterior nos introduce en el autobiografismo de las relaciones Antonia-Joaquín-Caín, que reproducen, en ciertos aspectos, las relaciones que Unamuno confesó muchas veces mantener con su

---

[20] *La Esfinge* (1898); *Amor y pedagogía* (1902); *Vida de Don Quijote y Sancho* (1905); *Cómo se hace una novela* (1927) y *El Hermano Juan* (1929).

mujer y que llevó a sus novelas, en las que las esposas, refugio y complemento pasivo del varón, representan el papel de madres. Antonia es una de esas esposas-madres del universo femenino unamuniano, trasunto exacto de su vivencia filial y matrimonial [21]. Este personaje encarna el ideal de mujer para Unamuno, como expresión de la espontaneidad vital, de la bondad innata, de la salvación humana por el sentimiento, porque su sangre «es agua de bautismo»: «Sólo la sangre de tu madre... puede salvar a tus hijos, a nuestros nietos. Esa es la sangre sin mancha que puede redimirlos» (p. 94). Y Joaquín-Caín, en su lecho de muerte, reconoce el valor terapéutico del amor de su mujer: «Si te hubiera querido, me habría curado». Y, al describirla como «una mujer nacida para vivir y revivir en la dulzura de la costumbre» (p. 95), ¿no está recordando a su mujer, de la que había dicho: «Eres tú, Concha mía, mi costumbre?».

Dios.—Joaquín-Caín tiene, además, los mismos problemas y las mismas dudas religiosas que Unamuno y se pregunta, como él: «¿Qué es creer en Dios? ¿Dónde está Dios?» (p. 42). Y llega a decir, como Unamuno tantas veces: «Necesito creer» (p. 61). Y, cuando Antonia, la que sería su mujer, le interroga con ingenuidad: «—Pero, ¿usted cree en Dios?, Joaquín, como Unamuno hubiera contestado, le responde: «¿Yo?»... ¡No lo sé!» (p. 34). Algo parecido ocurre, cuando su hija le manifiesta su voluntad de meterse monja y le dice que Dios lo quiere, Joaquín-Caín le razona con las mismas razones que Unamuno escribió en su «Diario íntimo», de la crisis de 1897: «¿Cuál es la voluntad de Dios? ¿Cómo se manifiesta?» (VIII, 832). Al igual que el Unamuno de la crisis, Joaquín-Caín

---

[21] *Vid.* Carlos Blanco Aguinaga, *El Unamuno contemplativo*, México, 1959, pp. 147-209 y L. González Egido, *op. cit.*, pp. 268-290.

«se preguntó si realmente no creía, y aun sin creer quiso
probar si la Iglesia podría curarle. Y empezó a frecuentar
el templo, algo demasiado a las claras, como en son de
desafío a los que conocían sus ideas irreligiosas» (p. 59).

Ser.—Con insistencia, lo mismo que hacía Unamuno,
Joaquín-Caín se interroga por su propio ser. «—¿Pues
qué soy?» (p. 35) dice, perplejo ante su propia realidad,
como ya se había interrogado Apolodoro, el de *Amor y
pedagogía:* «¿Qué soy yo?» (II, 384) y como el propio
Unamuno había ya dicho en su «Nicodemo, el fariseo»
y había repetido en su «Vida de Don Quijote y Sancho».
Y, como Unamuno también, Joaquín-Caín se preocupa
de su personalidad, de su «ser»: «Ser otro es dejar de ser
uno, de serse el que se es... Y eso es dejar de existir»
(p. 92), repitiendo palabras e ideas habituales en los textos unamunianos, en uno de los cuales llegó a interrogar-
se: «quién soy yo mismo? ¿Quién es el que firma Miguel
de Unamuno?» (II, 975).

Inmortalidad.—El tema del ser arrastra en Unamuno
el tema de la inmortalidad, que también, como una nueva confirmación del autobiografismo de *Abel Sánchez*,
aparece en esta novela y expresado en los mismos términos que en otros textos unamunianos no de ficción: «¿De
dónde ha nacido el Arte? De sed de inmortalidad», dice
Unamuno en *Amor y pedagogía* (II, 385) y lo vuelve a decir en *Abel Sánchez*, después de haberlo repetido en otros
muchos textos: «No cree que vivirá en las vidas de sus
descendientes de carne, sino en las de los que admiren
sus cuadros» (p. 102), palabras en las que se traslucen las
de Unamuno, al entregar sus versos: «Cuando me leas,
soy yo que en ti vibro».

Proyecto literario.—Cuando Joaquín-Caín proyecta
una obra literaria habla, como Unamuno al tratar de su
Abel Sánchez, de «una bajada a las simas de la vileza humana» (p. 101) y dice que «para desnudar las almas de

los otros, desnudaría la suya» (p. 101). Y habla del «escalpelo» (p. 48), como instrumento quirúrgico literario de introspección, lo mismo que haría Unamuno hablando de *Abel Sánchez* en 1935.

La verdad.—Toda la obra de Unamuno está atravesada por la obsesión de la verdad, desde el drama *La venda* (1899) hasta *San Manuel Bueno* (1933) y en muchos de sus textos se interroga: «¿Qué es la verdad?» También esta preocupación aparece en *Abel Sánchez:* «si nos dijéramos siempre la verdad, toda la verdad, esto sería el paraíso» (p. 18) y «qué verdad quiere usted que se le diga?» (p. 35). En *Amor y pedagogía*, había escrito: «la verdad, la verdad siempre» (II, 347).

La novela de la envidia

Si *Niebla* había sido la novela de la busca del ser, en la existencia nebulosa, y su consecuente necesidad de sobrevivir, *Abel Sánchez* es la novela de algo muy concreto e identificable, un sentimiento generalizado y personalizado, la descripción entomológica de un caso singular de envidia, que adquiere el valor de un signo universal, la vida de Joaquín Monegro, el «Caín moderno», habitante del mundo cerrado de la provincia española de primeros de siglo y, al mismo tiempo, el ser humano, marcado por el «pecado original» de la envidia. La experiencia de la alteridad, desde niños, «cuando aun ellos no sabían hablar», establece la relación dialéctica entre dos hombres, pues «aprendió cada uno de ellos a conocerse conociendo al otro» (p. 13). Esta relación da origen en Joaquín-Caín a un sentimiento de envidia hacia el otro, que ya no le abandonará nunca a lo largo de toda su existencia. Los juegos de la niñez, primero, los estudios, después, y la vida adulta, con la profesión, el matrimonio y la paternidad, finalmente, irán dando sucesivas ocasiones para el desarrollo de su envidia, que, con voracidad de hoguera, se apoderará de él, hasta constituir el centro de su existencia, la esencia de su vida: «Aquel odio inmortal era mi alma» (p. 50) y «Mi vida, hija mía, ha sido un arder continuo, pero no la habría cambiado por la de otro» (p. 100). Esto hace que se convierta en el símbolo del hombre envidioso, y así como *Otelo* son los celos, *Tartufo*, la hipocresía, *Werther*, el amor y *Papá Goriot*, la avaricia, *Abel Sánchez* es la envidia.

El tema de la envidia no era nuevo en Unamuno, que lo había venido tratando casi desde sus primeros libros, y, desde luego, en muchos de sus artículos, como el que escribió para comentar, en 1909, el libro *Pueblo enfermo* del boliviano A. Arguedas, y que tituló «La envidia hispánica», donde decía: «¡La envidia! Esta, ésta es la terrible plaga de nuestras sociedades; ésta es la íntima gangrena del alma española» (III, 283), añadiendo: «Somos colectivamente unos envidiosos» (III, 285). Allí están inevitablemente la referencia al Caín bíblico, la alusión a la representatividad hispánica de dicho sentimiento, la explicación etiológica de muchos rasgos del carácter español por la envidia, como la belicosidad y la tendencia a la rebelión, y su correlación con otra característica española, la manía persecutoria, el victimismo; allí está también la sutil anotación psicológica del envidioso como criatura fértil en halagos y en falsas admiraciones. Allí están todos los elementos con los que formará el entramado psicológico de *Abel Sánchez* y hasta las explicaciones sociológicas de la envidia, que después abandonaría.

Otro tema que él relaciona con la envidia, en su novela, es el de la inmortalidad del nombre, que ya apuntaba en uno de sus *Ensayos:* «Tremenda pasión ésa de que nuestra memoria sobreviva por encima del olvido de los demás, si es posible. De ella arranca la envidia, a la que se debe, según el relato bíblico, el crimen que abrió la historia humana, el asesinato de Abel por su hermano Caín. No fue por pan, fue lucha por sobrevivir en Dios, en la memoria divina» [22]. En el mismo año en que apareció la novela, Unamuno en otro artículo trató la envidia española, con el título de «Ni envidiado, ni envidioso», en el que insiste en la correlación entre «la envidia y la manía persecutoria», añadiendo su relación con la soberbia, que utilizaría también en *Abel Sánchez*. En 1909, había relacionado la envidia con la vanidad: «la terrible envidia, compañera inseparable de la vanidad» (III, 530), lo que igualmente pasaría a su novela. Es decir que su especialización de la envidia venía de lejos y seguiría dando muestras de su interés por el tema, para él inagotable, como en su artículo «De economía literaria» (1924), donde escribió: «la envidia es la tragedia de nuestra burguesía intelectual»; o en otro texto de 1935, «Invidiados y invidiosos», donde volverá a repensar el tormento interior del «hombre descontentadizo, el resentido —de sí mismo antes que nada—, el envidioso consciente de su envidia y de su envidiosidad» (III, 1063).

De la españolidad de la envidia quedará un rastro en *Abel Sánchez* («¿Por qué he sido tan envidioso, tan malo?... ¿Por qué nací en tierra de odios?... porque aquí todos vivimos odiándonos» (p. 118), y seguiría apareciendo en sus textos hasta convertirse en el centro de su explicación de la última guerra civil, en el proyecto de libro que estaba preparando cuando le sobrevino la muerte, «El resentimiento trágico de la vida». Lo que había sido vivisección de un caso, de una pasión individual, que había ascendido a pasión nacional y a rasgo de la condición humana, se convirtió en diagnóstico de la locura co-

---

[22] *Ensayos*, II, p. 778. Ed. Aguilar, 1942.

lectiva que había desembocado en la tragedia del enfrentamiento fratricida español. La idea del resentimiento social había ido germinando en la obra de Unamuno desde hacía tiempo: «Ambos vislumbres del ingenio judaico [la lucha entre pastores y labradores y la envidia como impulso del primer crimen] se corroboran en nuestra historia y psicología españolas», en 1902 (I, 776); «la soberbia y la envidia atizan el centralismo nivelador», en 1903 (IX, 112); «la soberbia y la envidia... laten también por debajo de los clamores con que algunas almas de esclavos piden la dictadura de la fuerza bruta», en 1903 (IX, 112); «la envidia es la peor de las plagas morales de casi toda nuestra España», en 1908 (VII, 458); «de esta envidia arranca la tan decantada democracia castellana», en 1908 (VII, 458); «la Inquisición brotó de las entrañas mismas de este pueblo, de su poso de envidia», en 1908 (VII, 458); «España envidia y se cree envidiada», en 1917 (III, 775). En «El resentimiento trágico de la vida» escribió: «temblor de tierra, temblor de pueblo, se le abren las entrañas, se desentraña, muestra su hechura, las malas entrañas, envidia, odio, resentimiento».

Abel Sánchez resume y organiza, con la plasticidad intelectual que la fórmula narrativa le permite, todos estos textos y todas estas ideas; pero, al tener que ordenar toda esta ingente cantidad de materiales, Unamuno sintetiza en un caso particular, al mismo tiempo, su introspección sobre la envidia, sus observaciones sociales y sus lecturas sobre el tema, a través de un argumento sencillo, que presenta la vida de los dos protagonistas, desde su nacimiento a su muerte. Esta necesidad de totalidad, que Unamuno sentía, le obligó a rastrear el sentimiento de la envidia en la niñez, en los primeros años, y al hacer esto conectó con las más modernas teorías psicoanalíticas sobre la formación estructural de la psicología humana, en especial,

las investigaciones de Melanie Klein [23], aunque le ha fal-
tado la utilización de la prehistoria infantil, de los primeros meses de vida, es decir, la relación objetal del niño
con el seno materno y su experiencia de la madre-buena,
nutriente y cariñosa, y de la madre-mala, exhausta y lejana, para la exactitud de la adecuación a las teorías klei-
nianas. No obstante, la idea de la envidia, nacida ante la
presencia de la energía creadora, de la creatividad, se confirma en la novela de Unamuno, como ha visto Rof Carballo, lo mismo que la obsesionante preocupación por el
niño, que culmina en la frase de: «Traed el niño», que
pronuncia Joaquín-Caín en su lecho de muerte, como
exorcismo del error de toda su vida y vuelta al punto de
partida, antes del «pecado original» de la envidia.

Unamuno acepta la idea de que la envidia nace con la
experiencia de la alteridad en la niñez, de tal manera que
siempre llueve sobre mojado. En este sentido, los primeros párrafos del libro son decisivos para su total comprensión, empezando por la introducción del papel del
inconsciente en la formación del ser humano. Ese «no recordaban» con que se abre el libro y esas alusiones a un
tiempo pre-lingüístico y pre-racional, en que se comienza a gestar la relación entre Joaquín-Caín y Abel («desde
antes de la niñez, desde su primera infancia... cuando aun
ellos no sabían hablar», p. 13), insinúan las posibles relaciones de Unamuno con los descubrimientos freudianos
y la modernidad de sus intuiciones psicológicas. En el primer párrafo se cuenta la época pre-lingüística; en el segundo, la época ya verbal, en que el sentimiento estructural de la envidia está ya definido y solidificado. Esta
precocidad del sentimiento quedará interiorizada en el

---

[23] *Envie and Gratitude*, 1957 (traducción francesa de 1968, ed. Ga-
llimard, París.)

personaje de Joaquín-Caín, que, ante la fijeza de su pasión, ante la profundidad de su sentimiento y ante la amplitud de su conciencia, llegará a pensar en el determinismo de la naturaleza («fiel a su propio natural», p. 14; «nací condenado», p. 24; «nací, predestinado...», p. 26; «¿Qué hice yo para que Dios me hiciese así, rencoroso, envidioso, malo? ¿Qué mala sombra me legó mi padre?», p. 60; «desconfío de Dios porque me hizo malo», p. 60). Todas estas relaciones del *Abel Sánchez* con el pensamiento freudiano han sido analizadas lúcidamente por Michael D. Mcgaha en un esclarecedor artículo [24].

Interpretación

Pero la acumulación de citas unamunianas en el texto de *Abel Sánchez*, nos hacen sospechar que la novela es mucho más que la novela de la envidia de Unamuno, de la casta hispánica y de la condición humana. La obra es, una vez más, la confesión autobiográfica de Unamuno, incluyendo en su autobiografía, naturalmente, no sólo su pensamiento, sino su autoanálisis, pues, como él dijo: «Hay quien investiga un cuerpo químico; yo investigo mi yo, pero mi yo concreto, personal, viviente y sufriente» [25]. Probablemente, en pocas obras expuso Unamuno con tanta claridad y tanta reiteración, como en ésta, sus obsesiones, a través de una ficción, que le permitía contrastar sus ideas, desdoblarse en sus personajes, explicar dialécticamente la complejidad de su pensamiento, distanciarse para poder verse más de cerca, con la perspec-

---

[24] «Abel Sánchez y la envidia de Unamuno», CCMU, núm. XXI, Salamanca, 1971.
[25] *Mi vida y otros recuerdos personales*, Buenos Aires, ed. Losada, 1959, p. 130.

tiva real de la objetivación novelística, crear un símbolo completo de la realidad humana, por dentro y por fuera, desde el nacimiento a la muerte, desde el punto de vista del yo trágico de su filosofía vital. Sin duda, podría calificarse de novela filosófica, sin olvidar que la encarnadura narrativa es suficientemente atractiva como para ser mucho más que la exposición de una tesis; porque tampoco es eso, sino la exposición del retrato de un hombre, de una angustiosa experiencia personal, con la finalidad ejemplar de liberar al lector —y, naturalmente, al autor— de los obstáculos de su libertad.

Unamuno escribía siempre mirándose hacia dentro, hacia muy dentro; era consciente de que ése era su punto fuerte; su literatura era él y este principio lo llevó hasta el final. Y en pocas obras, como en *Abel Sánchez*, es esto tan verdad. Porque esta novela trata de una vida completa, a fondo, como Unamuno intentaba siempre, con su excesiva pretensión de totalidad. Los dos seres humanos de que habla la novela, Joaquín-Caín y Abel, llenan toda la narración y asistimos al desarrollo de sus vidas paralelas y antitéticas, como hemos visto más arriba, de tal modo que se podría hablar de una alegoría de la vida humana. Pero, al mismo tiempo, es el retrato de un hombre concreto, de ese «yo, sufriente y viviente», del que hablábamos antes, de un hombre que, esquizofrénicamente dividido en dos mitades, en dos personajes, en Caín y Abel a la vez, nos remite inevitablemente al Unamuno, agónico y contemplativo, racional y sentimental, creyente y ateo, filólogo y poeta, vasco y castellano, nómada y sedentario, el «hijo de contradicción», que, como Job, le gustaba tanto citar.

No es, por tanto, sólo la novela de la envidia —digamos que la envidia es sólo una disculpa—, sino la novela —es decir, la realidad fingida, la realidad soñada, como tantas veces Unamuno diría, apoyándose en la calderoniana «la vida es sueño»— del ser humano, del alma humana, de ese estrato último de la persona, que le obsesionaba, del núcleo germinal de la existencia individual. Y lo que Unamuno nos cuenta es que el hombre, su personaje, él mismo, está hecho por su pasión, es su pasión, la pasión de la envidia, en este caso, que le acompaña desde niño hasta la muerte y, aun se interroga unamunianamente, si más allá de la muerte, como escribía Joaquín-Caín en su «Confesión» agustiniana tanto como unamuniana: «Y vi que aquel odio inmortal era mi alma. Ese odio pensé que debió haber precedido a mi nacimiento y que sobreviviría a mi muerte. Y me sobrecojí de espanto al pensar en vivir siempre para aborrecer siempre. Era el Infierno» (p. 50). (Apuntemos de paso que, como se puede ver, Joaquín-Caín, al igual que Unamuno, escribe el verbo coger con jota.) Efectivamente, toda la novela describe los sucesivos intentos de Caín-Joaquín de salir de su pasión, de su envidia, sin conseguirlo, viviendo en una permanente situación patológica, que Unamuno presenta como lepra, gangrena y, finalmente, como infierno, para terminar relacionando la pasión de la envidia, la pasión a secas, con el pecado original; es decir, el hombre es su pasión, lo que, anticartesianamente, podría traducirse por un «siento, luego existo», de raíces tan profundamente unamunianas.

Pero, como acabamos de ver y como todo el libro confirma, la pasión del ser es el infierno del ser, de tal modo que nuestro ser es un infierno, es el infierno; ser es estar en el infierno; somos lo que sentimos y sintiendo vivimos el infierno. Pero el infierno de Caín-Joaquín nace de su relación con Abel, con «el otro», con lo que la vida social, la vida de relación con el otro, sería un infierno, del que el hombre, ser social por naturaleza, no podría escapar nunca, condenado, como la novela dice con insistencia, «a su propio natural», como el mismo Caín--

Joaquín escribe para su hija: «¡Quién sabe si un día no concebirás tú dos mellizos, el uno con mi sangre y el otro con la suya [la de Abel], y se pelearán y se odiarán ya desde tu seno y *antes* de salir al aire y a la conciencia. Porque ésta es la tragedia humana, y todo es, como Job, hijo de contradicción» (p. 95). La frase «ésta es la tragedia humana», en la que Unamuno habla a través de su criatura, sobrepasa los límites de un caso particular de envidia, para apuntar hacia un simbolismo universal, que se refuerza por sus referencias bíblicas al «pecado original», que en la versión unamuniana sería la envidia de Caín a Abel y en la versión de la exégesis cristiana la de Adán y Eva hacia su creador.

Unamuno, más acorde con las teorías psicoanalíticas, pues al fin y al cabo vivía encerrado, además de en el lenguaje cristiano de su cultura básica, en la realidad lingüística de Hegel y de Freud, de su cultura adquirida, ejemplifica la tragedia humana en Caín y, aunque no cita explícitamente la relación objetal madre-hijo como punto de partida del sentimiento de la envidia, según las modernas teorías de Melanie Klein, no deja de referirse en varias ocasiones a la leche de la madre, al bebedizo materno como culpable del pecado original de la envidia:

—...En esta tragedia [la de Caín y Abel] no hubo mujer.
—En toda tragedia la hay, Abel.
—Sería acaso Eva...
—Acaso... La que les dio la misma leche, el bebedizo... (p. 48).

Y en la agonía, Caín-Joaquín, con la lucidez de la experiencia última, se pregunta una vez más, después de haber aludido varias veces al «bebedizo», culpable de su ser envidioso, de su predestinación, aceptando su pecado original:

—¿Por qué he sido tan envidioso, tan malo? ¿Qué hice para ser así? ¿Qué leche mamé? ¿Era un bebedizo de odio? ¿Ha sido un bebedizo de sangre? (p. 119).»

Planteada así la tragedia del ser [26], Unamuno, que ha sido definido como el filósofo de la incertidumbre, según su propia expresión de «la doctrina de la feliz incertidumbre que nos permite vivir» [27], propone el amor como única salida del círculo de la angustia, en la figura de Antonia, la mujer de Caín-Joaquín, que encarna otra pasión, la pasión de la ternura, la pasión de la vida natural, la espontaneidad sentimental, como la tentación irracional del Unamuno racional, libresco, universitario y culto: «lo tengo que decir, y lo digo aquí, delante de todos. No te he querido. Si te hubiera querido me habría curado. No te he querido. Y ahora me duele no haberte querido. Si pudiéramos volver a empezar...» (p. 120), le dice Joaquín-Caín a su mujer, Antonia, en su lecho de muerte.

Pero este amor, que sería el ideal de la libertad frente a la condena de la envidia, no se da a lo largo de la novela; por el contrario, el ser está prisionero de la pasión durante toda su vida y, siendo la pasión la negación del ser, reaparece en esta obra también la radical contradicción genética del ser como no ser, fundamental en Unamuno [28]. Porque Caín-Joaquín es el ser y por eso todos los exégetas del libro prefieren el envidioso al envidiado, porque, como escribe R. Gullón, coincidiendo con Eugenio de Nora: «entre el egoísta y el sufridor, preferimos al segundo, consentimos con él al comprobar cómo el pa-

---

[26] François Meyer, *Ontología de Unamuno*, Madrid, ed. Gredos, 1962 (ed. francesa, 1953).

[27] Paulino Garagorri, *La filosofía española en el siglo XX. Unamuno. Ortega. Zubiri*, Madrid, ed. Alianza Editorial, 1985.

[28] L. G. Egido, *op. cit.*, pp. 335-342.

decer le mantiene en constante tensión» [29]. Esto es lo que Unamuno nos quiere transmitir y lo que pretende con su libro es que el lector-autor se identifique con Caín, con la parte sentimental del hombre, con la parte pasional, para que seamos, como él, como Caín, como Unamuno, nuestro sentimiento. Porque, para Unamuno, tener pasión es tener ser. Si nuestro ser es existir, como diría Sartre, nuestro existir, como dice Unamuno, es sentir, vivir sintiendo, ser sintiendo; lo demás, incluida la razón, es no ser; frente a la nada, mejor es el infierno del ser, aunque sea el ser envidioso. En este sentido, la novela es la descripción del infierno del ser, en busca del paraíso de la frustrada libertad.

LUCIANO GONZÁLEZ EGIDO

---

[29] *Op. cit.*, p. 120.

Abel Sánchez

Al morir Joaquín Monegro encontróse entre sus pape-
les una especie de memoria de la sombría pasión que le
hubo devorado en vida. Entremézclase en este relato fragmentos tomados de esa confesión —así la rotuló—, y que
vienen a ser al modo de comentario que se hacía Joaquín
a sí mismo de su propia dolencia. Esos fragmentos van
entrecomillados. La «confesión» iba dirigida a su hija.

Prólogo a la segunda edición

Al corregir las pruebas de esta segunda edición de mi
Abel Sánchez: una historia de pasión —*acaso estaría mejor:* historia de una pasión— *y corregirlas aquí, en el destierro fronterizo, a la vista pero fuera de mi dolorosa España, he sentido revivir en mí todas las congojas patrióticas de que quise librarme al escribir esta historia congojosa. Historia que no había querido volver a leer.*

La primera edición de esta novela no tuvo en un principio, dentro de España, buen suceso. Perjudicóle, sin duda, una lóbrega y tétrica portada alegórica que me empeñé en dibujar y colorear yo mismo; pero perjudicóle acaso más la tétrica lobreguez del relato mismo. El público no gusta que se llegue con el escalpelo a hediondas simas del alma humana y que se haga saltar pus.

Sin embargo, esta novela, traducida al italiano, al alemán y al holandés, obtuvo muy buen suceso en los países

*en que se piensa y siente en estas lenguas. Y empezó a te-
nerlo en los de nuestra lengua española. Sobre todo después que el joven crítico José A. Balseiro, en el tomo II
de su El Vigía, le dedicó un agudo ensayo. De tal modo
que se ha hecho precisa esta segunda edición.*

*Un joven norteamericano que prepara una tesis de doc-
torado sobe mi obra literaria me escribía hace proco pre-
guntándome si saqué esta historia del Caín de lord Byron,
y tuve que contestarle que yo no he sacado mis ficciones
novelescas —o nivolescas— de libros, sino de la vida social que siento y sufro —y gozo— en torno mío y de mi
propia vida. Todos los personajes que crea un autor, si los
crea con vida; todas las criaturas de un poeta, aun en las
más contradictorias entre sí —y contradictorias en sí mismas—, son hijas naturales y legítimas de su autor —¡feliz
si autor de sus siglos!—, son partes de él.*

*Al final de su vida atormentada, cuando se iba a mo-
rir, decía mi pobre Joaquín Monegro: «¿Por qué nací en
tierra de odios? En tierra en que el precepto parece ser:
"Odia a tu prójimo como a ti mismo". Porque he vivido
odiándome; porque aquí todos vivimos odiándonos.
Pero... traed al niño.» Y al volver a oírle a mi Joaquín
esas palabras, por segunda vez y al cabo de los años —¡y
qué años!— que separan estas dos ediciones, he sentido
todo el horror de la calentura de la lepra nacional española y me he dicho: «Pero... traed al niño». Porque aquí,
en esta mi nativa tierra vasca —francesa o española es
igual—, a la que he vuelto de largo asiento después de
treinta y cuatro años que salí de ella, estoy reviviendo mi
niñez. No hace tres meses escribía aquí:*

> *Si pudiera recogerme del camino,
> y hacerme uno entre tantos como he sido;*

si pudiera al cabo darte, Señor mío,
el que en mí pusiste cuando yo era niño...! [1]

Pero ¡qué trágica mi experiencia de la vida española!
Salvador de Madariaga, comparando ingleses, franceses y
españoles, dice que en el reparto de los vicios capitales de
que todos padecemos, al inglés le tocó más hipocresía que
a los otros dos, al francés más avaricia y al español más
envidia. Y esta terrible envidia, phthonos de los griegos,
pueblo democrático y más bien demagógico, como el español, ha sido el fermento de la vida social española. Lo
supo acaso mejor que nadie Quevedo; lo supo Fray Luis
de León. Acaso la soberbia de Felipe II no fue más que
envidia. «La envidia nació en Cataluña», me decía una
vez Cambó en la Plaza Mayor de Salamanca. ¿Por qué
no en España? Toda esa apestosa enemiga de los neutros,
de los hombres de sus casas, contra los políticos, ¿qué es
sino envidia? ¿De dónde nació la vieja Inquisición, hoy
rediviva?

Y al fin la envidia que yo traté de mostrar en el alma
de mi Joaquín Monegro es una envidia trágica, una envidia que se defiende, una envidia que podría llamarse
angélica; ¿pero esa otra envidia hipócrita, solapada, ab-
yecta, que está devorando a lo más indefenso del alma de
nuestro pueblo? ¿Esa envidia colectiva?, ¿la envidia del
auditorio que va al teatro a aplaudir las burlas a lo que
es más exquisito o más profundo?

En estos años que separan las dos ediciones de esta mi
historia de una pasión trágica —la más trágica acaso—,
he sentido enconarse la lepra nacional y en estos cerca de
cinco años que he tenido que vivir fuera de mi España he
sentido cómo la vieja envidia tradicional —y tradiciona-

---

[1] Poema incluido en el *Cancionero* núm. 107, fechado el 10 abril
1928. (*N. del E.*)

lista— española, la castiza, la que agrió las gracias de Quevedo y las de Larra, ha llegado a constituir una especie de partidillo político, aunque, como todo lo vergonzante e hipócrita, desmedrado; he visto a la envidia constituir juntas defensivas, la he visto revolverse contra toda natural superioridad. Y ahora, al releer por primera vez mi Abel Sánchez para corregir las pruebas de esta segunda —y espero que no última— edición, he sentido la grandeza de la pasión de mi Joaquín Monegro y cuán superior es moralmente a todos los Abeles. No es Caín lo malo; lo malo son los cainitas. Y los abelitas.

Mas como no quiero hurgar en viejas tristezas, en tristezas de viejo régimen —no más tristes que las del llamado nuevo—, termino este prólogo escrito en el destierro, en la parte francesa de la tierra de mi niñez, pero a la vista de mi España, diciendo con mi pobre Joaquín Monegro: «Pero... ¡traed al niño!»

MIGUEL DE UNAMUNO

En Hendaya, el 14 de julio de 1928.

I

No recordaban Abel Sánchez y Joaquín Monegro desde cuándo se conocían. Eran conocidos desde antes de la niñez, desde su primera infancia, pues sus sendas nodrizas se juntaban y los juntaban cuando aún ellos no sabían hablar. Aprendió cada uno de ellos a conocerse conociendo al otro. Y así vivieron y se hicieron juntos amigos desde nacimiento, casi más bien hermanos de crianza.

En sus paseos, en sus juegos, en sus otras amistades comunes, parecía dominar e iniciarlo todo Joaquín, el más voluntarioso; pero era Abel quien, pareciendo ceder, hacía la suya siempre. Y es que le importaba más no obedecer que mandar. Casi nunca reñían, «¡Por mí, como tú quieras...!», le decía Abel a Joaquín, y éste se exasperaba a las veces porque con aquel «¡como tú quieras...!» esquivaba las disputas.

—¡Nunca me dices que no! —exclamaba Joaquín.

—¿Y para qué? —respondía el otro.

—Bueno, éste no quiere que vayamos al Pinar —dijo una vez aquél, cuando varios compañeros se disponían a un paseo.

—¿Yo?, ¡pues no he de quererlo...! —exclamó Abel—. Sí, hombre, sí; como tú quieras. ¡Vamos allá!

—¡No, como yo quiera, no! ¡Ya te he dicho otras veces que no! ¡Como yo quiera, no! ¡Tú no quieres ir!

—Que sí, hombre.

—Pues entonces no lo quiero yo...

—Ni yo tampoco...

—Eso no vale —gritó ya Joaquín—. ¡O con él o conmigo!

Y todos se fueron con Abel, dejándole a Joaquín solo.

Al comentar éste en sus *Confesiones* tal suceso de la infancia, escribía: «Ya desde entonces era él simpático, no sabía por qué, y antipático yo, sin que se me alcanzara mejor la causa de ello, y me dejaban solo. Desde niño me aislaron mis amigos.»

Durante los estudios del bachillerato, que siguieron juntos, Joaquín era el empollón, el que iba a la caza de los premios, el primero en las aulas y el primero Abel fuera de ellas, en el patio del Instituto, en la calle, en el campo, en los novillos, entre los compañeros. Abel era el que hacía reír con sus gracias, y sobre todo, obtenía triunfos de aplauso por las caricaturas que de los catedráticos hacía. «Joaquín es mucho más aplicado, pero Abel es más listo..., si se pusiera a estudiar...» Y este juicio común de los compañeros, sabido por Joaquín, no hacía sino envenenarle el corazón. Llegó a sentir la tentación de descuidar el estudio y tratar de vencer al otro en el otro campo, pero diciéndose: «¡bah!, qué saben ellos...», siguió fiel a su propio natural. Además, por más que procuraba aventajar al otro en ingenio y donosura, no lo conseguía. Sus chistes no eran reídos y pasaba por ser fundamentalmente serio. «Tú eres fúnebre —solía decirle Federico Cuadrado—, tus chistes son chistes de duelo».

Concluyeron ambos el bachillerato. Abel se dedicó a ser artista, siguiendo el estudio de la pintura, y Joaquín se matriculó en la Facultad de Medicina. Veíanse con frecuencia y hablaba cada uno al otro de los progresos que en sus respectivos estudios hacían, empeñándose Joaquín en probarle a Abel que la Medicina era también un arte, y hasta una arte bella, en que cabía inspiración poética. Otras veces, en cambio, daba en menospreciar las bellas artes, enervadoras del espíritu, exaltando la ciencia, que es la que eleva, fortifica y ensancha el espíritu con la verdad.

—Pero es que la Medicina tampoco es ciencia —le decía Abel—. No es sino una arte, una práctica derivada de ciencias.

—Es que yo no he de dedicarme al oficio de curar enfermos —replicaba Joaquín.

—Oficio muy honrado y muy útil... —añadía el otro.

—Sí, pero no para mí. Será todo lo honrado y todo lo útil que tú quieras, pero detesto esa honradez y esa utilidad. Para otros el hacer dinero tomando el pulso, mirando la lengua y recetando cualquier cosa. Yo aspiro a más.

—¿A más?

—Sí; yo aspiro a abrir nuevos caminos. Pienso dedicarme a la investigación científica. La gloria médica es de los que descubrieron el secreto de alguna enfermedad y no de los que aplicaron el descubrimiento con mayor o menor fortuna.

—Me gusta verte así, tan idealista.

—Pues qué, ¿crees que sólo vosotros, los artistas, los pintores, soñáis con la gloria?

—Hombre, nadie te ha dicho que yo sueñe con tal cosa...

—¿Que no? ¿Pues por qué, si no, te has dedicado a pintar?

—Porque si se acierta es oficio que promete...

—¿Que promete?

—Vamos, sí, que da dinero.

—A otro perro con ese hueso, Abel. Te conozco desde que nacimos casi. A mí no me la das. Te conozco.

—¿Y he pretendido nunca engañarte?

—No; pero tú engañas sin pretenderlo. Con ese aire de no importarte nada, de tomar la vida en juego, de dársete un comino de todo, eres un terrible ambicioso...

—¿Ambicioso yo?

—Sí, ambicioso de gloria, de fama, de renombre... Lo fuiste siempre, de nacimiento. Sólo que solapadamente.

—Pero ven acá, Joaquín, y dime: ¿te disputé nunca tus premios?, ¿no fuiste tú siempre el primero en la clase?, ¿el chico que promete?

—Sí; pero el gallito, el niño mimado de los compañeros, tú...

—¿Y qué iba yo a hacerle...?

—¿Me querrás hacer creer que no buscabas esa especie de popularidad...?

—Haberla buscado tú...

—¿Yo?, ¿yo? ¡Desprecio a la masa!

—Bueno, bueno; déjame de esas tonterías y cúrate de ellas. Mejor será que me hables otra vez de tu novia.

—¿Novia?

—Bueno, de esa tu primita que quieres que lo sea.

Porque Joaquín estaba queriendo forzar el corazón de su prima Helena y había puesto en su empeño amoroso todo el ahínco de su ánimo reconcentrado y suspicaz. Y sus desahogos, los inevitables y saludables desahogos de enamorado en lucha, eran con su amigo Abel.

¡Y lo que Helena le hacía sufrir!

—Cada vez la entiendo menos —solía decirle a Abel—. Esa muchacha es para mí una esfinge.

—Ya sabes lo que decía Oscar Wilde, o quien fuese: que toda mujer es una esfinge sin secreto.

—Pues Helena parece tenerlo. Debe de querer a otro, aunque éste no lo sepa, estoy seguro de que quiere a otro.

—¿Y por qué?

—De otro modo no me explico su actitud conmigo...

—Es decir, que porque no quiere quererte a ti..., quererte para novio, que como primo sí te querrá...

—¡No te burles!

—Bueno; ¿pues porque no quiere quererte para novio, o, más claro, para marido, tiene que estar enamorada de otro? ¡Bonita lógica!

—¡Yo me entiendo!

—¿Tú?

—¿No pretendes ser quien mejor me conoce? ¿Qué mucho, pues, que yo pretenda conocerte? Nos conocimos a un tiempo.

—Te digo que esa mujer me trae loco y me hará perder la paciencia. Está jugando conmigo. Si me hubiera dicho desde un principio que no, bien estaba; pero tenerme así, diciendo que lo verá, que lo pensará... Esas cosas no se piensan... ¡coqueta!

—Es que te está estudiando.

—¿Estudiándome a mí? ¿Ella? ¿Qué tengo yo que estudiar? ¿Qué puede ella estudiar?

—¡Joaquín, Joaquín, te estás rebajando y la estás rebajando!... ¿O crees que no más verte y oírte y saber que la quieres, ya debía rendírsete?

—Sí, siempre he sido antipático...

—Vamos, hombre, no te pongas así...

—¡Es que esa mujer está jugando conmigo! Es que no es noble jugar así con un hombre como yo, franco, leal, abierto... Pero ¡si vieras qué hermosa está! ¡Y cuanto más fría y más desdeñosa, se pone más hermosa! ¡Hay veces que no sé si la quiero o la aborrezco más!... ¿Quieres que te presente a ella?...

—Hombre, si tú...

—Bueno, os presentaré.

—Y si ella quiere...

—¿Qué?

—Le haré un retrato.

—¡Hombre, sí!

Mas aquella noche durmió Joaquín mal, rumiando lo del retrato, pensando en que Abel Sánchez, el simpático sin proponérselo, el mimado del favor ajeno, iba a retratarle a Helena.

¿Qué saldría de allí? ¿Encontraría también Helena, como sus compañeros de ellos, más simpático a Abel? Pensó negarse a la presentación, mas como ya la había prometido...

II

—¿Qué tal te pareció mi prima? —le preguntaba Joaquín a Abel al día siguiente de habérsela presentado y propuesto a ella, a Helena, lo del retrato, que acogió alborozada de satisfacción.

—Hombre, ¿quieres la verdad?

—La verdad siempre, Abel; si nos dijéramos siempre la verdad, toda la verdad, esto sería el paraíso.

—Sí, y si se la dijera cada cual a sí mismo...

—Bueno, ¡pues la verdad!

—La verdad es que tu prima y futura novia, acaso es-

posa, Helena, me parece una pava real..., es decir, un pavo
real hembra..., ya me entiendes...

—Sí, te entiendo.

—Como no sé expresarme bien más que con el pincel...

—Y vas a pintar la pava real, o el pavo real hembra,
haciendo la rueda acaso, con su cola llena de ojos, su ca-
becita...

—Para modelo, ¡excelente! ¡Excelente, chico! ¡Qué
ojos! ¡Qué boca! Esa boca carnosa y a la vez fruncida...,
esos ojos que no miran... ¡Qué cuello! Y, sobre todo,
¡qué color de tez! Si no te incomodas...

—¿Incomodarme yo?

—Te diré que tiene un color como de india brava, o,
mejor, de fiera indómita. Hay algo, en el mejor sentido,
de pantera en ella. Y todo ello fríamente.

—¡Y tan fríamente!

—Nada, chico, que espero hacerte un retrato estupendo.

—¿A mí? ¡Será a ella!

—No, el retrato será para ti, aunque de ella.

—No, eso no; ¡el retrato será para ella!

—Bien, para los dos. Quién sabe... Acaso con él os una.

—Vamos, sí, que de retratista pasas a ...

—A lo que quieras, Joaquín, a celestino, con tal de que
dejes de sufrir así. Me duele verte de esa manera.

Empezaron las sesiones de pintura, reuniéndose los
tres. Helena se posaba en su asiento solemne y fría, hen-
chida de desdén, como una diosa llevada por el destino.
«¿Puedo hablar?», preguntó el primer día, y Abel le contestó: «Sí, puede usted hablar y moverse; para mí es mejor que hable y se mueva, porque así vive la fisonomía...
Esto no es fotografía, y, además, no la quiero hecha una
estatua...» Y ella hablaba, hablaba, pero moviéndose poco
y estudiando la postura. ¿Qué hablaba? Ellos no lo sa-

bían. Porque uno y otro no hacían sino devorarla con los ojos; la veían, no la oían hablar.

Y ella hablaba, hablaba, por creer de buena educación no estarse callada, y hablaba zahiriendo a Joaquín cuanto podía.

—¿Qué tal vas de clientela, primito? —le preguntaba.

—¿Tanto te importa eso?

—¡Pues no ha de importarme, hombre, pues no ha de importarme!... Figúrate...

—No, no me figuro.

—Interesándote tú tanto como por mí te interesas, no cumplo con menos que con interesarme yo por ti. Y, además, quién sabe...

—Quién sabe, ¿qué?

—Bueno, dejen eso —interrumpió Abel—; no hacen sino regañar.

—Es lo natural —decía Helena— entre parientes... Y, además, dicen que así se empieza.

—Se empieza, ¿qué? —preguntó Joaquín.

—Eso tú lo sabrás, primo, que tú has empezado.

—¡Lo que voy a hacer es acabar!

—Hay varios modos de acabar, primo.

—Y varios de empezar.

—Sin duda. ¡Qué!, ¿me descompongo con este floreteo, Abel?

—No, no, todo lo contrario. Este floreteo, como le llama, le da más expresión a la mirada y al gesto. Pero...

A los dos días tuteábanse ya Abel y Helena; lo había querido así Joaquín. Quien al tercer día faltó a una sesión.

—A ver, a ver cómo va eso —dijo Helena levantándose para ir a ver el retrato.

—¿Qué te parece?

—Yo no entiendo, y, además, no soy quien mejor puede saber si se me parece o no.

—¡Qué!, ¿no tienes espejo? ¿No te has mirado a él?

—Sí, pero...

—Pero, ¿qué?...

—¡Qué sé yo!...

—¿No te encuentras bastante guapa en este espejo?

—No seas adulón.

—Bien, se lo preguntaremos a Joaquín.

—No me hables de él, por favor. ¡Qué pelma!

—Pues de él he de hablarte.

—Entonces, me marcho...

—No, y oye. Está muy mal lo que estás haciendo con ese chico.

—¡Ah! Pero ¿ahora vienes a abogar por él? ¿Es esto del retrato un achaque?

—Mira, Helena: no está bien que estés así jugando con tu primo. El es algo, vamos, algo...

—Sí, ¡insoportable!

—No, él es reconcentrado, altivo por dentro, terco, lleno de sí mismo; pero es bueno, honrado a carta cabal, inteligente; le espera un brillante porvenir en su carrera; te quiere con delirio...

—¿Y si a pesar de todo eso no le quiero yo?

—Pues debes entonces desengañarle.

—¡Y poco que le he desengañado! Estoy harta de decirle que me parece un buen chico; pero que por eso, porque me parece un buen chico, un excelente primo (y no quiero hacer un chiste), por eso no le quiero para novio, con lo que luego viene.

—Pues él dice...

—Si él te ha dicho otra cosa, no te ha dicho la verdad, Abel. ¿Es que voy a despedirle y prohibirle que me hable, siendo como es mi primo? ¡Primo! ¡Qué gracia!

—No te burles así.

—Si es que no puedo...

—Y él sospecha más, y es que se empeña en creer que

puesto que no quieres quererle a él, estás en secreto enamorada de otro...

—¿Eso te ha dicho?

—Sí, eso me ha dicho.

Helena se mordió los labios, se ruborizó, y calló un
momento.

—Sí, eso me ha dicho —repitió Abel, descansando la
diestra sobre el tiento que apoyaba en el lienzo, y mirando fijamente a Helena, como queriendo adivinar el sentido de algún rasgo de su cara.

—Pues si se empeña...

—¿Qué?

—Que acabará por conseguir que me enamore de algún otro...

Aquella tarde no pintó ya más Abel. Y salieron novios.

III

El éxito del retrato de Helena por Abel fue clamoroso.
Siempre había alguien contemplándolo frente al escapa-
rate en que fue expuesto. «Ya tenemos un gran pintor
más», decían. Y ella, Helena, procuraba pasar junto al lugar en que su retrato se exponía, para oír los comentarios, y paseábase por las calles de la ciudad como un inmortal retrato viviente, como una obra de arte haciendo
la rueda. ¿No había acaso nacido para eso?

Joaquín apenas dormía.

—Está peor que nunca —le dijo a Abel—. Ahora es
cuando juega conmigo. ¡Me va a matar!

—¡Naturalmente! Se siente ya belleza profesional...

—Sí. ¡La has inmortalizado! ¡Otra Gioconda!

—Pero tú, como médico, puedes alargarle la vida.

—O acortársela.

—No te pongas así, trágico.

—¿Y qué voy a hacer, Abel? ¿Qué voy a hacer?...

—Tener paciencia...

—Además, me ha dicho cosas de donde he sacado que le has contado lo de que la creo enamorada de otro...

—Fue por hacer tu causa...

—¿Por hacer mi causa... Abel? Abel, tú estás de acuerdo con ella... Vosotros me engañáis...

—¿Engañarte? ¿En qué? ¿Te ha prometido algo?

—¿Y a ti?

—¿Es tu novia acaso?

—¿Y es ya la tuya?

Callóse Abel, mudándosele la color.

—¿Lo ves? —exclamó Joaquín balbuciente y tembloroso—. ¿Lo ves?

—¿El qué?

—¿Y lo negarás ahora? ¿Tendrás cara para negármelo?

—Pues bien, Joaquín, somos amigos de antes de conocernos, casi hermanos...

—Y al hermano, puñalada trapera, ¿no es eso?

—No te sulfures así; ten paciencia.

—¿Paciencia? ¿Y qué es mi vida sino continua paciencia, continuo padecer?... Tú el simpático, tú el festejado, tú el vencedor, tú el artista... Y yo...

Lágrimas que le reventaron en los ojos cortáronle la palabra.

—¿Y qué iba a hacer, Joaquín, qué querías que hiciese?...

—¡No haberla solicitado, pues que la quería yo!...

—Pero si ha sido ella, Joaquín, si ha sido ella...

—Claro, a ti, al artista, al afortunado, al favorito de la fortuna, a ti son ellas las que te solicitan. Ya la tienes, pues...

—Me tiene ella, te digo.

—Sí, ya te tiene la pava real, la belleza profesional, la

Gioconda... Serás su pintor... La pintarás en todas posturas y en todas formas, a todas luces, vestida y sin vestir...

—¡Joaquín!

—Y así la inmortalizarás. Vivirá tanto como tus cuadros vivan. Es decir, vivirá, ¡no! Porque Helena no vive; durará. Durará como el mármol, de que es. Porque es de piedra, fría y dura, fría y dura como tú. ¡Montón de carne!...

—No te sulfures, te he dicho.

—¡Pues no he de sulfurarme, hombre, pues no he de sulfurarme! ¡Esto es una infamia, una canallada!

Sintióse abatido y calló, como si le faltaran palabras para la violencia de su pasión.

—Pero ven acá hombre —le dijo Abel con su voz dulce, que era la más terrible— y reflexiona. ¿Iba yo a hacer que te quisiera si ella no quiere quererte? Para novio no le eres...

—Sí, no soy simpático a nadie; nací condenado.

—Te juro, Joaquín...

—¡No jures!

—Te juro que si en mí sólo consistiese, Helena sería tu novia, y mañana tu mujer. Si pudiese cedértela...

—Me la venderías por un plato de lentejas, ¿no es eso?

—No, ¡vendértela, no! Te la cedería gratis y gozaría en veros felices, pero...

—Sí, que ella no me quiere y te quiere a ti, ¿no es eso?

—Eso es.

—Que me rechaza a mí, que la buscaba, y te busca a tí, que la rechazabas.

—¡Eso! Aunque no lo creas, soy un seducido.

—¡Qué manera de darte postín! ¡Me das asco!

—¿Postín?

—Sí, ser así seducido, es más que ser seductor. ¡Pobre víctima! Se pelean por ti las mujeres...

—No me saques de quicio, Joaquín...

—¿A ti? ¿Sacarte a ti de quicio? Te digo que esto es una canallada, una infamia, un crimen... ¡Hemos acabado para siempre!

Y luego, cambiando de tono, con lágrimas insondables en la voz:

—Ten compasión de mí, Abel, ten compasión. Ve que todos me miran de reojo, ve que todos son obstáculos para mí... Tú eres joven, afortunado, mimado, te sobran mujeres... Déjame a Helena, mira que no sabré dirigirme a otra... Déjame a Helena...

—Pero si ya te la dejo...

—Haz que me oiga; haz que me conozca; haz que sepa que muero por ella, que sin ella no viviré...

—No la conoces...

—¡Sí, os conozco! Pero, por Dios, júrame que no has de casarte con ella...

—¿Y quién ha hablado de casamiento?

—¡Ah! ¿entonces es por darme celos nada más? Si ella no es más que una coqueta..., peor que una coqueta, una...

—¡Cállate! —rugió Abel.

Y fue tal el rugido, que Joaquín se quedó callado, mirándole.

—¡Es imposible, Joaquín, contigo no se puede! ¡Eres imposible!

Y Abel marchóse.

«Pasé una noche horrible —dejó escrito en su *Confesión* Joaquín—, volviéndome a un lado y otro en la cama, mordiendo a ratos la almohada, levantándome a beber agua del jarro del lavabo. Tuve fiebre. A ratos me amodorraba en sueños acerbos. Pensaba matarles y urdía mentalmente, como si se tratase de un drama o de una no-

vela que iba componiendo, los detalles de mi sangrienta
venganza, y tramaba diálogos con ellos. Parecíame que
Helena había querido afrentarme y nada más, que había
enamorado a Abel por menosprecio a mí, pero que no podía, montón de carne al espejo, querer a nadie. Y la deseaba más que nunca y con más furia que nunca. En algunas de las interminables modorras de aquella noche me
soñé poseyéndola y junto al cuerpo frío e inerte de Abel.
Fue una tempestad de malos deseos, de cóleras, de ape-
titos sucios, de rabia. Con el día y el cansancio de tanto
sufrir volvióme la reflexión, comprendí que no tenía derecho alguno a Helena, pero empecé a odiar a Abel con
toda mi alma y a proponerme a la vez ocultar ese odio,
abonarlo, criarlo, cuidarlo en lo recóndito de las entrañas de mi alma. ¿Odio? Aún no quería darle su nombre,
ni quería reconocer que nací, predestinado, con su masa
y con su semilla. Aquella noche nací al infierno de mi
vida.»

IV

—Helena —le decía Abel—, eso de Joaquín me quita
el sueño!...
—¿El qué?
—Cuando le diga que vamos a casarnos no sé lo que
va a ser. Y eso que parece ya tranquilo y como si se re-
signase a nuestras relaciones...
—¡Sí, bonito es él para resignarse!
—La verdad es que esto no estuvo del todo bien.
—¿Qué? ¿También tú? ¿Es que vamos a ser las muje-
res como bestias, que se dan y prestan y alquilan y ven-
den?
—No, pero...
—¿Pero qué?

—Que él fue quien me presentó a ti, para que te hiciera el retrato y me aproveché...

—¡Y bien aprovechado! ¿Estaba yo acaso comprometida con él? ¡Y aunque lo hubiera estado! Cada cual va a lo suyo.

—Sí, pero...

—¿Qué? ¿Te pesa? Pues por mí... Aunque si aún me dejases ahora, ahora que estoy comprometida y todos saben que eres mi novio oficial y que me vas a pedir un día de estos, no por eso buscaría a Joaquín, ¡no! ¡Menos que nunca! Me sobrarían pretendientes, así, como los dedos de las manos —y levantaba sus dos largas manos, de ahuesados dedos, aquellas manos que con tanto amor pintara Abel, y sacudía los dedos, como si revolotearan.

Abel le cogió las dos manos en las recias suyas, se las llevó a la boca y las besó alargadamente. Y luego en la boca...

—¡Estate quieto, Abel!

—Tienes razón, Helena, no vamos a turbar nuestra felicidad pensando en lo que sienta y sufra por ella el pobre Joaquín.

—¿Pobre? ¡No es más que un envidioso!

—Pero hay envidias, Helena...

—¡Que se fastidie!

Y después de una pausa llena de un negro silencio:

—Por supuesto, le convidaremos a la boda...

—¡Helena!

—¿Y qué mal hay en ello? Es mi primo, tu primer amigo, a él debemos el habernos conocido. Y si no le convidas tú, le convidaré yo. ¿Que no va? ¡Mejor! ¿Que va? ¡Mejor que mejor!

V

Al anunciar Abel a Joaquín su casamiento, éste dijo:

—Así tenía que ser. Tal para cual.

—Pero bien comprendes...

—Sí, lo comprendo, no me creas un demente o un furioso; lo comprendo, está bien, que seáis felices... Yo no lo podré ser ya...

—Pero, Joaquín, por Dios, por lo que más quieras....

—Basta y no hablemos más de ello. Haz feliz a Helena y que ella te haga feliz... Os he perdonado ya...

—¿De veras?

—Sí, de veras. Quiero perdonaros. Me buscaré mi vida.

—Entonces me atrevo a convidarte a la boda, en mi nombre...

—Y en el de ella, ¿eh?

—Sí, en el de ella también.

—Lo comprendo. Iré a realzar vuestra dicha. Iré.

Como regalo de boda mandó Joaquín a Abel un par de magníficas pistolas damasquinadas, como para un artista.

—Son para que te pegues un tiro cuando te canses de mí —le dijo Helena a su futuro marido.

—¡Qué cosas tienes, mujer!

—Quién sabe sus intenciones... Se pasa la vida tramándolas.

«En los días que siguieron a aquel en que me dijo que se casaban —escribió en su *Confesión* Joaquín— sentí como si el alma toda se me helase. Y el hielo me apretaba el corazón. Eran como llamas de hielo. Me costaba respirar. El odio a Helena, y sobre todo a Abel, porque era odio, odio frío cuyas raíces me llenaban el ánimo, se me había empedernido. No eran una mala planta, era un témpano que se me había clavado en el alma; era, más bien, mi alma toda congelada en aquel odio. Y un hielo tan cristalino, que lo veía todo a través con una claridad perfecta. Me daba acabada cuenta de que razón, lo que se llama razón, eran ellos los que la tenían; que yo no podía alegar derecho alguno sobre ella; que no se debe ni se puede forzar el afecto de una mujer; que, pues se querían, debían unirse. Pero sentí también confusamente que fui yo quien les llevó, no sólo a conocerse, sino a quererse, que fue por desprecio a mí por lo que se entendieron, que en la resolución de Helena entraba por mucho el hacerme rabiar y sufrir, el darme dentera, el rebajarme a Abel, y en la de éste el soberano egoísmo que nunca le dejó sentir el sufrimiento ajeno. Ingenuamente, sencillamente no se daba cuenta de que existieran otros. Los demás éramos para él, a lo sumo, modelos para sus cuadros. No sabía ni odiar; tan lleno de sí vivía.

»Fui a la boda con el alma escarchada de odio, el corazón garrapiñado en hielo agrio, pero sobrecogido de un mortal terror, temiendo que al oír el *sí* de ellos, el hielo se me resquebrajara y hendido el corazón quedase allí muerto o imbécil. Fui a ella como quien va a la muerte. Y lo que me ocurrió fue más mortal que la muerte misma: fue peor, mucho peor que morirse. Ojalá me hubiese entonces muerto allí.

»Ella estaba hermosísima. Cuando me saludó sentí que una espada de hielo, de hielo dentro del hielo de mi corazón, junto a la cual aún era tibio el mío, me lo atravesaba; era la sonrisa insolente de su compasión. *¡Gracias!*, me dijo, y entendí: *¡Pobre Joaquín!* El, Abel, él ni sé si me vio. "Comprendo tu sacrificio" —me dijo, por no callarse—. "No, no hay tal —le repliqué—; te dije que vendría y vengo; ya ves que soy razonable; no podía faltar a mi amigo de siempre, a mi hermano." Debió de parecerle interesante mi actitud, aunque poco pictórica. Yo era allí el convidado de piedra.

»Al acercarse el momento fatal, yo contaba los segundos. "¡Dentro de poco —me decía— ha terminado todo para mí!" Creo que se me paró el corazón. Oí claros y distintos los dos *sís*, el de él y el de ella. Ella me miró al pronunciarlo. Y quedé más frío que antes, sin un sobre-salto, sin una palpitación, como si nada que me tocase hu-biese oído. Y ello me llenó de infernal terror a mí mis-mo. Me sentí peor que un monstruo, me sentí como si no existiera, como si no fuese nada más que un pedazo de hielo. Y esto para siempre.

Llegué a palparme la carne, a pellizcármela, a tomarme el pulso. "¿Pero estoy vivo? ¿Yo soy yo?" —me dije.

»No quiero recordar todo lo que sucedió aquel día. Se despidieron de mí y fuéronse a su viaje de luna de miel. Yo me hundí en mis libros, en mi estudio, en mi clien-tela, que empezaba ya a tenerla. El despejo mental que me dio aquel golpe de lo ya irreparable, el descubrimien-to en mí mismo de que no hay alma, moviéronme a bus-car en el estudio, no ya consuelo —consuelo, ni lo nece-sitaba ni lo quería—, sino apoyo para una ambición in-mensa. Tenía que aplastar con la fama de mi nombre la fama, ya incipiente, de Abel; mis descubrimientos cien-tíficos, obra de arte, de verdadera poesía, tenían que ha-cer sombra a sus cuadros. Tenía que llegar a comprender un día Helena que era yo, el médico, el antipático, quien habría de darle aureola de gloria, y no él, no el pintor. Me hundí en el estudio. ¡Hasta llegué a creer que los ol-vidaría! ¡Quise hacer de la ciencia un narcótico y a la vez un estimulante!»

VI

Al poco de haber vuelto los novios de su viaje de luna de miel, cayó Abel enfermo de alguna gravedad y llama-ron a Joaquín a que le viese y le asistiese.

—Estoy muy intranquila, Joaquín —le dijo Helena—;
anoche no ha hecho sino delirar, y en el delirio no hacía
sino llamarte.

Examinó Joaquín con todo cuidado y minucia a su amigo, y luego, mirando ojos a ojos a su prima, le dijo:

—La cosa es grave, pero creo que le salvaré. Yo soy
quien no tiene salvación ya.

—Sí, sálvamelo —exclamó ella—. Y ya sabes...

—¡Sí, lo sé todo! —y se salió.

Helena se fue al lecho de su marido; le puso una mano
sobre la frente que le ardía, y se puso a temblar. «Joaquín, Joaquín —deliraba Abel—, ¡perdónanos, perdóname!»

—Calla —le dijo, casi al oído, Helena—, calla; ha venido a verte, y dice que te curará, que te sanará... Dice
que te calles.

—¿Que me curará?... —añadió, maquinalmente, el enfermo.

Joaquín llegó a su casa también febril, pero con una especie de fiebre de hielo. «¿Y si se muriera?...», pensaba.
Echóse vestido sobre la cama y se puso a imaginar escenas de lo que acaecería si Abel se muriese: el luto de Helena, sus entrevistas con la viuda, el remordimiento de
ésta, el descubrimiento por parte de ella de quién era él,
Joaquín, y de cómo, con qué violencia necesitaba el desquite y la necesitaba a ella, y cómo caía al fin ella en sus
brazos y reconocía que lo otro, la traición, no había sido
sino una pesadilla, un mal sueño de coqueta; que siempre le había querido a él, a Joaquín y no a otro. «Pero
¡no se morirá! —se dijo luego—. ¡No dejaré yo que se
muera, no debo dejarlo; está comprometido mi honor, y
luego..., necesito que viva!»

Y al decir este «¡necesito que viva!», temblábale toda
el alma como tiembla el follaje de una encina a la sacu-
dida del huracán.

«Fueron unos días atroces aquellos de la enfermedad de Abel —escribía en su *Confesión* el otro—, unos días de tortura increíble. Estaba en mi mano dejarle morir, aún más, hacerle morir, sin que de ello quedase rastro alguno. He conocido en mi práctica profesional casos de extrañas muertes misteriosas, que he podido ver luego iluminadas al trágico fulgor de sucesos posteriores; una nueva boda de la viuda y otros así. Luché entonces como no he luchado nunca conmigo mismo, con ese hediondo dragón que me ha envenenado y entenebrecido la vida. Estaba allí comprometido mi honor de médico, mi honor de hombre, y estaba comprometida mi salud mental, mi razón. Comprendí que me agitaba bajo las garras de la locura; vi el espectro de la demencia haciendo sombra a mi corazón. Y vencí. Salvé a Abel de la muerte. Nunca he estado más feliz, más acertado. El exceso de mi infelicidad me hizo estar felicísimo de acierto.»

—Ya está fuera de todo cuidado tu... marido —le dijo un día Joaquín a Helena.

—Gracias, Joaquín, gracias —y le cogió la mano, que él se la dejó entre las suyas—; no sabes cuánto te debemos...

—Ni vosotros sabéis cuánto os debo...

—Por Dios, no seas así... Ahora que tanto te debemos, no volvamos a eso...

—No, si no vuelvo a nada. Os debo mucho. Esta enfermedad de Abel me ha enseñado mucho, pero mucho...

—¡Ah! ¿Le tomas como a un caso?

—No, Helena, no; ¡el caso soy yo!

—Pues no te entiendo.

—Ni yo del todo. Y te digo que estos días, luchando por salvar a tu marido...

—¡Di a Abel!

—Bien, sea; luchando por salvarle, he estudiado con su

enfermedad la mía y vuestra felicidad, y he decidido...
¡casarme!

—¡Ah! Pero ¿tienes novia?

—No, no la tengo aún, pero la buscaré. Necesito un
hogar. Buscaré mujer. ¿O crees tú, Helena, que no encontraré una mujer que me quiera?

—¡Pues no la has de encontrar hombre; pues no la has
de encontrar!...

—Una mujer que me quiera, digo.

—Sí, te he entendido; ¡una mujer que te quiera, sí!

—Porque como partido...

—Sí, sin duda, eres un buen partido...; joven, no pobre, con una buena carrera, empezando a tener tanta
fama, bueno...

—Bueno..., sí, y antipático, ¿no es eso?

—No hombre, no; ¡tú no eres antipático!

—¡Ay Helena, Helena! ¿Dónde encontraré una
mujer...?

—¿Que te quiera?

—No, sino que no me engañe, que me diga la verdad,
que no se burle de mí, Helena; ¡que no se burle de mí!...
Que se case conmigo por desesperación, porque yo la
mantenga, pero que me lo diga...

—Bien has dicho que estás enfermo, Joaquín. ¡Cásate!

—¿Y crees, Helena, que hay alguien, hombre o mujer,
que pueda quererme?

—No hay nadie que no pueda encontrar quien le
quiera.

—¿Y querré yo a mi mujer? ¿Podré quererla?, dime.

—Hombre, pues no faltaba más...

—Porque mira, Helena, no es lo peor no ser querido,
no poder ser querido; lo peor es no poder querer.

— Eso dice don Mateo, el párroco, del demonio, que
no puede querer.

—Y el demonio anda por la tierra, Helena.

—Cállate y no me digas esas cosas.

—Es peor que me las diga a mí mismo.

—¡Pues cállate!

VII

Dedicóse Joaquín, para salvarse, requiriendo amparo a su pasión, a buscar mujer, los brazos maternales de una esposa en que defenderse de aquel odio que sentía, un regazo en que esconder la cabeza, como un niño que siente terror al coco, para no ver los ojos infernales del dragón de hielo.

¡Aquella pobre Antonia!

Antonia había nacido para madre: era todo ternura, todo compasión. Adivinó en Joaquín, con divino instinto, un enfermo, un inválido del alma, un poseso, y, sin saber de qué, enamoróse de su desgracia. Sentía un misterioso atractivo en las palabras frías y cortantes de aquel médico que no creía en la virtud ajena.

Antonia era la hija única de una viuda a que asistía Joaquín.

—¿Cree usted que saldrá de ésta? —le preguntaba a él.

—Lo veo difícil, muy difícil. Está la pobre muy trabajada, muy acabada; ha debido de sufrir mucho... su corazón está muy débil.

—¡Sálvela usted, don Joaquín, sálvemela usted, por Dios! ¡Si pudiera daría mi vida por la suya!

—No, eso no se puede. Y, además, ¿quién sabe? La vida de usted, Antonia, ha de hacer más falta que la suya...

—¿La mía? ¿Para qué? ¿Para quién?

—¡Quién sabe!

Llegó la muerte de la pobre viuda.

—No ha podido ser, Antonia —dijo Joaquín—. ¡La
ciencia es impotente!

—¡Sí, Dios lo ha querido!

—¿Dios?

—¡Ah! —y los ojos bañados en lágrimas de Antonia
clavaron su mirada en los de Joaquín, enjutos y acera-
dos—. Pero ¿usted no cree en Dios?

—¿Yo?... ¡No lo sé!

A la pobre huérfana la compunción de piedad que entonces sintió por el médico aquel le hizo olvidar por un
momento la muerte de su madre.

—Y si yo no creyera en El, ¿qué haría ahora?

—La vida todo lo puede, Antonia.

—¡Puede más la muerte! Y ahora..., tan sola..., sin
nadie...

—Eso sí, la soledad es terrible. Pero usted tiene el recuerdo de su santa madre, el vivir para encomendarla a
Dios... ¡Hay otra soledad mucho más terrible!

—¿Cuál?

—La de aquel a quien todos menosprecian, de quien
todos se burlan... la del que no encuentra quien le diga
la verdad...

—¿Y qué verdad quiere usted que se le diga?

—¿Me la dirá usted, ahora, aquí, sobre el cuerpo aún
tibio de su madre? ¿Jura usted decírmela?

—Sí, se la diré.

—Bien, yo soy antipático, ¿no es así?

—¡No, no es así!

—La verdad, Antonia.

—¡No, no es así!

—¿Pues qué soy?

—¿Usted? Usted es un desgraciado, un hombre que
sufre....

Derritiósele a Joaquín el hielo, y asomáronsele unas lágrimas a los ojos. Y volvió a temblar hasta las raíces del alma.

Poco después Joaquín y la huérfana formalizaban sus relaciones, dispuestos a casarse luego que pasase el año de luto de ella.

«Pobre mi mujercita —escribía, años después, Joaquín en su *Confesión*—, empeñada en quererme y en curarme, en vencer la repugnancia que sin duda yo debía inspirarle. Nunca me lo dijo, nunca me lo dio a entender; pero ¿podía no inspirarle yo repugnancia, sobre todo cuando le descubrí la lepra de mi alma, la gangrena de mis odios? Se casó conmigo como se habría casado con un leproso, no me cabe duda de ello, por divina piedad, por espíritu de abnegación y de sacrificio cristianos, para salvar mi alma y así salvar la suya, por heroísmo de santidad. ¡Y fue una santa! Pero ¡no me curó de Helena; no me curó de Abel! Su santidad fue para mí un remordimiento más.

»Su mansedumbre me irritaba. Había veces en que, ¡Dios me perdone!, la habría querido mala, colérica, despreciativa.»

VIII

En tanto, la gloria artística de Abel seguía creciendo y confirmándose. Era ya uno de los pintores de más nombradía de la nación toda y su renombre empezaba a traspasar las fronteras. Y esa fama creciente era como una granizada desoladora en el alma de Joaquín. «Sí, es un pintor muy científico; domina la técnica; sabe mucho, mucho; es habilísimo», decía de su amigo, con palabras que silbaban. Era un modo de fingir exaltarle deprimiéndole.

Porque él, Joaquín, presumía de ser un artista, un verdadero poeta en su profesión, un clínico genial, creador, intuitivo, y seguía soñando con dejar su clientela para dedicarse a la ciencia pura, a la patología teórica, a la investigación. ¡Pero ganaba tanto!...

«No era, sin embargo, la ganancia —dice en su *Confesión* póstuma— lo que más me impedía dedicarme a la investigación científica. Tirábame a ésta por un lado el deseo de adquirir fama y renombre, de hacerme una gran reputación científica y asombrar con ella la artística de Abel, de castigar así a Helena, de vengarme de ellos, de ellos y de todos los demás, y aquí encadenaba los más locos de mis ensueños; mas, por otra parte, esa misma pasión fangosa, el exceso de mi despecho y mi odio me quitaban serenidad de espíritu. No, no tenía el ánimo para el estudio, que lo requiere limpio y tranquilo. La clientela me distraía.

»La clientela me distraía, pero a las veces temblaba pensando que el estado de distracción en que mi pasión me tenía preso me impidiera prestar el debido cuidado a las dolencias de mis pobres enfermos.

»Ocurrióme un caso que me sacudió las entrañas. Asistía a una pobre señora, enferma de algún riesgo, pero no caso desesperado, a la que él había hecho un retrato, un retrato magnífico, uno de sus mejores retratos, de los que han quedado como definitivos de entre los que ha pintado, y aquel retrato era lo primero que se me venía a los ojos y al odio así que entraba en la casa de la enferma. Estaba viva en el retrato, más viva que en el lecho de la carne y hueso sufrientes. Y el retrato parecía decirme: "Mira, él me ha dado vida para siempre. A ver si tú me alargas esta otra de aquí abajo." Y junto a la pobre enferma, auscultándola, tomándole el pulso, no veía sino a la otra, a la retratada. Estuve torpe, torpísimo, y la pobre enferma se me murió; la dejé morir más bien, por mi torpeza, por mi criminal distracción. Sentí horror de mí mismo, de mi miseria.

»A los pocos días de muerta la señora aquella tuve que
ir a su casa, a ver allí a otro enfermo, y entré dispuesto
a no mirar al retrato. Pero era inútil, porque era él, el retrato, el que me miraba aunque yo no le mirase y me
atraía la mirada. Al despedirme me acompañó hasta la
puerta el viudo. Nos detuvimos al pie del retrato, y yo,
como empujado por una fuerza irresistible y fatal, excla-
mé:

»—Magnífico retrato! Es de lo mejor que ha hecho
Abel.

»—Sí —me contestó el viudo—, es el mayor consuelo
que me queda. Me paso largas horas contemplándola. Parece como que me habla.

»—¡Sí, sí! —añadí— este Abel es un artista estupendo!

»Y al salir me decía: "¡Yo la dejé morir y él la resucita!"»

Sufría Joaquín mucho cada vez que se le morían algunos de sus enfermos, sobre todo los niños, pero la muerte de otros le tenía sin grave cuidado. «¿Para qué querrá
vivir? —decíase de algunos—. Hasta le haría un favor dejándole morir...»

Sus facultades de observador psicólogo habíansele agu-
zado con su pasión de ánimo y adivinaba al punto las
más ocultas lacerías morales. Percatábase enseguida, bajo
el embuste de las convenciones, de qué maridos preveían
sin pena, cuando no deseaban, la muerte de sus mujeres
y qué mujeres ansiaban verse libres de sus maridos, acaso para tomar otros de antemano escojidos ya. Cuando
al año de la muerte de su cliente Alvarez, la viuda se casó
con Menéndez, amigo íntimo del difunto, Joaquín se dijo:
«Sí que fue rara aquella muerte... Ahora me la explico...
La humanidad es lo más cochino que hay, y la tal señora, dama caritativa, una de las señoras de lo más honrado...»

—Doctor —le decía una vez uno de sus enfermos—,

máteme usted, por Dios, máteme usted sin decirme nada,
que ya no puedo más... Deme algo que me haga dormir
para siempre...

«¿Y por qué no había de hacer lo que este hombre quiere —se decía Joaquín—, si no vive más que para sufrir?
¡Me da pena! ¡Cochino mundo!»

Y eran sus enfermos para él no pocas veces espejos.

Un día le llegó una pobre mujer de la vecindad, gasta-
da por los años y los trabajos, cuyo marido en los veinticinco años de matrimonio, se había enredado con una
pobre aventurera. Iba a contarle sus cuitas la mujer des-
deñada.

—¡Ay, don Joaquín —le decía—, usted, que dicen que
sabe tanto, a ver si me da un remedio para que le cure a
mi pobre marido del bebedizo que le ha dado esa pelona!

—Pero ¿qué bebedizo, mujer de Dios?

—Se va a ir a vivir con ella, dejándome a mí, al cabo
de veinticinco años...

—Más extraño es que la hubiese dejado de recién casados, cuando usted era joven y acaso...

—Ah, no, señor, no! Es que le ha dado un bebedizo,
trastornándole el seso, porque, si no, no podría ser..., no
podría ser...

—Bebedizo... bebedizo... —murmuró Joaquín.

—Sí, don Joaquín, sí, un bebedizo. Y usted, que sabe
tanto, deme un remedio para él.

—¡Ay, buena mujer! Ya los antiguos trabajaron en bal-
de para encontrar un agua que los rejuveneciese...

Y cuando la pobre mujer se fue desolada, Joaquín se
decía: «Pero ¿no se mirará al espejo esta desdichada? ¿No
verá el estrago de los años de rudo trabajo? Estas gentes
del pueblo todo lo atribuyen a bebedizos o a envidias...
¿Que no encuentran trabajo? Envidias... ¿Que les sale
algo mal? Envidias. El que todos sus fracasos los atribu-

ye a ajenas envidias es un envidioso. ¿Y no lo seremos todos? ¿No me habrán dado un bebedizo?»

Durante unos días apenas pensó más que en el bebedizo. Y acabó diciéndose: «¡Es el pecado original!»

IX

Casóse Joaquín con Antonia buscando en ella un amparo, y la pobre adivinó desde luego su menester, el oficio que hacía en el corazón de su marido y cómo le era un escudo y un posible consuelo. Tomaba por marido a un enfermo, acaso a un inválido incurable, del alma; su misión era la de una enfermera. Y le aceptó llena de compasión, llena de amor a la desgracia de quien así unía su vida a la de ella.

Sentía Antonia que entre ella y Joaquín había como un muro invisible, una cristalina y trasparente muralla de hielo. Aquel hombre no podía ser de su mujer, porque no era de sí mismo, dueño de sí, sino a la vez un enajenado y un poseído. En los más íntimos trasportes de trato conyugal, una invisible sombra fatídica se interponía entre ellos. Los besos de su marido parecíanle besos robados, cuando no de rabia.

Joaquín evitaba hablar de su prima Helena delante de su mujer, y ésta, que se percató de ello al punto, no hacía sino sacarla a colación a cada paso en sus conversaciones.

Esto en un principio, que más adelante evitó mentarla.

Llamáronle un día a Joaquín a casa de Abel, como a médico, y se enteró de que Helena llevaba ya en sus entrañas fruto de su marido, mientras que su mujer, Antonia, no ofrecía aún muestra alguna de ello. Y al pobre le asaltó una tentación vergonzosa, de que se sentía abochornado, y era la de un diablo que le decía: «¿Ves? ¡Hasta es más hombre que tú! El, el que con su arte resucita e inmortaliza a los que tú dejas morir por tu torpeza, él tendrá pronto un hijo, mientras tú... ¡Tú acaso no seas capaz de ello!... ¡Es más hombre que tú!»

Entró mustio y sombrío en el puerto de su hogar.

—Vienes de casa de Abel, ¿no? —le preguntó su mujer.

—Sí. ¿En qué lo has conocido?

—En tu cara. Esa casa es tu tormento. No debías ir a ella...

—¿Y qué voy a hacer?

—¡Excusarte! Lo primero es tu salud y tu tranquilidad...

—Aprensiones tuyas...

—No, Joaquín, no quieras ocultármelo... —y no pudo continuar, porque las lágrimas le ahogaron la voz.

Sentóse la pobre Antonia. Los sollozos se le arrancaban de cuajo.

—¿Pero qué te pasa, mujer, qué es eso?...

—Dime tú lo que a ti te pasa, Joaquín; confíamelo todo, confiésate conmigo...

—No tengo nada de que acusarme...

—Vamos, ¿me dirás la verdad, Joaquín, la verdad?

El hombre vaciló un momento, pareciendo luchar con un enemigo invisible, con el diablo de su guarda, y con voz arrancada de una resolución súbita, desesperada, gritó casi:

—¡Sí, te diré la verdad, toda la verdad!

—Tú quieres a Helena; tú estás enamorado todavía de Helena.

—¡No, no lo estoy!, ¡no lo estoy!, lo estuve; pero no lo estoy ya, ¡no!

—Pues, ¿entonces?

—Entonces, ¿qué?

—¿A qué esa tortura en que vives? Porque esa casa, la

casa de Helena, es la fuente de tu malhumor, esa casa es
la que no te deja vivir en paz, es Helena...

—¡Helena, no! ¡Es Abel!

—¿Tienes celos de Abel?

—Sí, tengo celos de Abel; le odio, le odio, le odio —y
cerraba la boca y los puños al decirlo, pronunciándolo entre dientes.

—Tienes celos de Abel..., luego quieres a Helena.

—No, no quiero a Helena. Si fuese de otro no tendría
celos de este otro. No, no quiero a Helena, la desprecio,
desprecio a la pava real esa, a la belleza profesional, a la
modelo del pintor de moda, a la querida de Abel...

—¡Por Dios, Joaquín, por Dios!

—Sí, a su querida... legítima. ¿O es que crees que la
bendición de un cura cambia un arrimo en matrimonio?

—Mira, Joaquín, que estamos casados como ellos...

—Como ellos, no, Antonia; como ellos, ¡no! Ellos se
casaron por rebajarme, por humillarme, por denigrarme;
ellos se casaron para burlarse de mí; ellos se casaron contra mí.

Y el pobre hombre rompió en unos sollozos que le
ahogaban el pecho, cortándole el respiro. Se creía morir.

—Antonia..., Antonia... —suspiró con un hilito de voz
apagada.

—¡Pobre hijo mío! —exclamó ella abrazándole.

Y le tomó en su regazo como a un niño enfermo, acariciándole. Y le decía:

—Cálmate, mi Joaquín, cálmate... Estoy aquí yo, tu
mujer, toda tuya y sólo tuya. Y ahora que sé del todo tu
secreto, soy más tuya que antes y te quiero más que nunca... Olvídalos..., desprécialos... Habría sido peor que una
mujer así te hubiese querido...

—Sí, pero él, Antonia, él...

—¡Olvídale!

—No puedo olvidarle..., me persigue... Su fama, su gloria me siguen a todas partes....

—Trabaja tú y tendrás fama y gloria, porque no vales menos que él. Deja la clientela, que no la necesitamos, vámonos de aquí a Renada, a la casa que fue de mis padres, y allí dedícate a lo que más te guste, a la ciencia, a hacer descubrimientos de esos y que se hable de ti... Yo te ayudaré en lo que pueda... Yo haré que no te distraigan... y serás más que él.

—No puedo, Antonia, no puedo; sus éxitos me quitan el sueño y no me dejarán trabajar en paz... La visión de sus cuadros maravillosos se pondría entre mis ojos y el miscroscopio y no me dejaría ver lo que otros no han visto aún por él... ¡No puedo..., no puedo!...

Y bajando la voz como un niño, casi balbuciendo como atontado por la caída en la sima de su abyección, sollozó diciendo:

—Y van a tener un hijo, Antonia...

—También nosotros lo tendremos —le suspiró ella al oído, envolviéndole en un beso—, no me lo negará la Santísima Virgen, a quien se lo pido todos los días... Y el agua bendita de Lourdes...

—¿También tú crees en bebedizos, Antonia?

—¡Creo en Dios!

«Creo en Dios —se repitió Joaquín al verse solo; solo con el otro—. ¿Y qué es creer en Dios? ¿Dónde está Dios? ¡Tendré que buscarle!»

X

«Cuando Abel tuvo su hijo —escribía en su *Confesión* Joaquín—, he sentido que el odio se me enconaba. Me había invitado a asistir a Helena al parto, pero me excusé con que yo no asistía a partos, lo que era cierto, y con

que no sabría conservar toda la sangre fría, mi sangre
arrecida más bien, ante mi prima si se viera en peligro.
Pero mi diablo me insinuó la feroz tentación de ir a asis-
tirla y de ahogar a hurtadillas al niño. Vencí·a la asque-
rosa idea.

»Aquel nuevo triunfo de Abel, del hombre, no ya del
artista —el niño era una hermosura, una obra maestra de
salud y de vigor, "un angelito", me decían—, me apretó
aún más a mi Antonia, de quien esperaba el mío. Quería,
necesitaba que la pobre víctima de mi ciego odio —pues
la víctima era mi mujer más que yo— fuese madre de hijos míos, de carne de mi carne, de entrañas de mis entrañas torturadas y por ello superior a las madres de los hijos de otros. Ella, la pobre, me había preferido a mí, al
antipático, al despreciado, al afrentado; ella había toma-
do lo que otra desechó con desdén y burla. ¡Y hasta me
hablaba bien de ellos!

»El hijo de Abel, Abelín —pues le pusieron el nombre
mismo de su padre y como para que continuara su linaje
y la gloria de él—, el hijo de Abel, que habría de ser, andando el tiempo, instrumento de mi desquite, era una ma-
ravilla de niño. Y yo necesitaba tener uno así, más hermoso aún que él.»

XI

—¿Y qué preparas ahora? —le preguntó a Abel Joaquín un día en que, habiendo ido a ver al niño, se encontraron en el cuarto de estudio de aquél.

—Pues ahora voy a pintar un cuadro de Historia, o mejor, de Antiguo Testamento, y me estoy documentando...

—¿Cómo? ¿Buscando modelos de aquella época?

—No, leyendo la Biblia y comentarios a ella.

—Bien digo yo que tú eres un artista científico...

—Y tú un médico artista, ¿no es eso?

—Peor que un pintor científico..., ¡literato! ¡Cuida de no hacer con el pincel literatura!

—Gracias por el consejo.

—¿Y cuál va a ser el asunto de tu cuadro?

—La muerte de Abel por Caín, el primer fratricidio.

Joaquín palideció aún más, y mirando fijamente a su primer amigo le preguntó a media voz:

—¿Y cómo se te ha ocurrido eso?

—Muy sencillo —contestó Abel sin haberse percatado del ánimo de su amigo—; es la sugestión del nombre. Como me llamo Abel... Dos estudios de desnudo...

—Sí, desnudo del cuerpo...

—Y aun del alma...

—Pero ¿piensas pintar sus almas?

—¡Claro está! El alma de Caín, de la envidia, y el alma de Abel...

—¿Alma de qué?

—En eso estoy ahora. No acierto a dar con la expresión, con el alma de Abel. Porque quiero pintarle antes de morir, derribado en tierra y herido de muerte por su hermano. Aquí tengo el Génesis y el *Caín* de lord Byron; ¿lo conoces?

—No, no conozco el *Caín* de lord Byron. ¿Y qué has sacado de la Biblia?

—Poca cosa. Verás... —y tomando un libro leyó— «... y conoció Adán a su mujer Eva, la cual concibió y parió a Caín y dijo: He adquirido varón por Jehová. Y después parió a su hermano Abel, y fue Abel pastor de ovejas, y Caín fue labrador de la tierra. Y aconteció, andando el tiempo, que Caín trajo del fruto de la tierra una ofrenda a Jehová y Abel trajo de los primogénitos de sus ovejas y de su grosura. Y miró Jehová con agrado a Abel

y a su ofrenda, mas no miró propicio a Caín y a la ofrenda suya...»

—Y eso, ¿por qué? —interrumpió Joaquín—. ¿Por qué
miró Dios con agrado la ofrenda de Abel y con desdén
la de Caín?

—No lo explica aquí...

—¿Y no te lo has preguntado tú antes de ponerte a pintar tu cuadro?

—Aún no... Acaso porque Dios veía ya en Caín el futuro matador de su hermano..., al envidioso...

—Entonces es que le había hecho envidioso, es que le
había dado un bebedizo. Sigue leyendo.

—«... Y ensañóse Caín en gran manera y decayó su
semblante. Y entonces Jehová dijo a Caín: ¿Por qué te
has ensañado?, y ¿por qué se ha demudado tu rostro? Si
bien hicieres, ¿no serás ensalzado?; y si no hicieras bien,
el pecado está a tu puerta. Ahí está que te desea, pero tú
le dominarás...»

—Y le venció el pecado —interrumpió Joaquín— porque Dios le había dejado de su mano. ¡Sigue!

—«... Y habló Caín a su hermano Abel, y aconteció
que, estando ellos en el campo, Caín se levantó contra su
hermano Abel y le mató. Y Jehová dijo a Caín...»

—¡Basta! No leas más. No me interesa lo que Jehová
dijo a Caín luego que la cosa no tenía ya remedio.

Apoyó Joaquín los codos en la mesa, la cara entre las
palmas de la mano, y clavando una mirada helada y pun-
zante en la mirada de Abel, sin saber de qué alarmado,
le dijo:

—¿No has oído nunca una especie de broma que gas-
tan con los niños que aprenden de memoria la Historia
Sagrada cuando les preguntan: «¿Quién mató a Caín?»

—No.

—Pues sí, les preguntan eso y los niños, confundiéndose, suelen decir: «su hermano Abel».

—No sabía eso.

—Pues ahora lo sabes. Y dime tú, que vas a pintar esa escena bíblica... ¡y tan bíblica!, ¿no se te ha ocurrido pensar que si Caín no mata a Abel habría sido éste el que habría acabado matando a su hermano?

—¿Y cómo se te puede ocurrir eso?

—Las ovejas de Abel eran aceptas a Dios, y Abel, el pastor, hallaba gracia a los ojos del Señor, pero los frutos de la tierra de Caín, del labrador, no gustaban a Dios ni tenía para El gracia Caín. El agraciado, el favorito de Dios era Abel..., el desgraciado Caín...

—¿Y qué culpa tenía Abel de eso?

—¡Ah!, pero ¿tú crees que los afortunados, los agraciados, los favoritos no tienen culpa de ello? La tienen de no ocultar y ocultar como una vergüenza, que lo es, todo favor gratuito, todo privilegio no ganado por propios méritos, de no ocultar esa gracia en vez de hacer ostentación de ella. Porque no me cabe duda de que Abel restregaría a los hocicos de Caín su gracia, le azuzaría con el humo de su ovejas sacrificadas a Dios. Los que se creen justos suelen ser unos arrogantes que van a deprimir a los otros con la ostentación de su justicia. Ya dijo quien lo dijera que no hay canalla mayor que las personas honradas...

—¿Y tú sabes —le preguntó Abel sobrecojido por la gravedad de la conversación— que Abel se jactara de su gracia?

—No me cabe duda, ni de que no tuvo respeto por su hermano mayor, ni pidió al Señor gracia también para él. Y sé más, y es que los abelitas han inventado el infierno para los cainitas porque si no su gloria les resultaría insípida. Su goce está en ver, libres de padecimiento, padecer a los otros.

—¡Ay, Joaquín, Joaquín, qué malo estás!

—Sí, nadie es médico de sí mismo. Y ahora dame ese *Caín* de lord Byron, que quiero leerlo.

—¡Tómalo!

—Y dime, ¿no te inspira tu mujer algo para ese cuadro?, ¿no te da alguna idea?

—¿Mi mujer? En esta tragedia no hubo mujer.

—En toda tragedia la hay, Abel.

—Sería acaso Eva...

—Acaso... La que les dio la misma leche, el bebedizo...

XII

Leyó Joaquín el *Caín* de lord Byron. Y en su *Confesión* escribía más tarde:

«Fue terrible el efecto que la lectura de aquel libro me hizo. Sentí la necesidad de desahogarme y tomé unas notas que aún conservo y las tengo aquí, presentes. Pero ¿fue sólo por desahogarme? No; fue con el propósito de aprovecharlas algún día pensando que podrían servirme de materiales para una obra genial. La vanidad nos consume. Hacemos espectáculo de nuestras más íntimas y asquerosas dolencias. Me figuro que habría quien desee tener un tumor pestífero como no le ha tenido antes ninguno para hombrearse con él. Esta misma *Confesión* ¿no es algo más que un desahogo?

»He pensado alguna vez romperla para librarme de ella. Pero ¿me libraría? ¡No! Vale más darse en espectáculo que consumirse. Y al fin y al cabo no es más que espectáculo la vida.

»La lectura del *Caín* de lord Byron me entró hasta lo más íntimo. ¡Con qué razón culpaba Caín a sus padres

de que hubieran cogido los frutos del árbol de la ciencia
en vez de cojer de la del árbol de la vida! A mí, por lo
menos, la ciencia no ha hecho más que exacerbarme la he-
rida.

»¡Ojalá nunca hubiera vivido!, digo con aquel Caín.
¿Por qué me hicieron? ¿Por qué he de vivir? Y lo que no
me explico es cómo Caín no se decidió por el suicidio.
Habría sido el más noble comienzo de la historia humana. Pero ¿por qué no se suicidaron Adán y Eva después
de la caída y antes de haber dado hijos? ¡Ah!, es que entonces Jehová habría hecho otros iguales y otro Caín y
otro Abel. ¿No se repetirá esa misma tragedia en otros
mundos, allá por las estrellas? Acaso la tragedia tiene
otras representaciones, sin que baste el estreno de la tierra. Pero ¿fue estreno?

»Cuando leí cómo Luzbel le declaraba a Caín cómo
era éste, Caín, inmortal, es cuando empecé con terror a
pensar si yo también seré inmortal y si será inmortal en
mí mi odio. "¿Tendré alma —me dije entonces—, será
este mi odio alma?", y llegué a pensar que no podría ser
de otro modo, que no puede ser función de un cuerpo
un odio así. Lo que no había encontrado con el escalpelo
en otros lo encontré en mí. Un organismo corruptible no
podía odiar como yo odiaba. Luzbel aspiraba a ser Dios,
y yo, desde muy niño, ¿no aspiré a anular a los demás?
¿Y cómo podía ser yo tan desgraciado si no me hizo tal
el creador de la desgracia?

»Nada le costaba a Abel criar sus ovejas, como nada
le costaba a él, al otro, hacer sus cuadros; pero ¿a mí?, a
mí me costaba mucho diagnosticar las dolencias de mis
enfermos.

»Quejábase Caín de que Adah, su propia querida
Adah, su mujer y su hermana, no comprendiera el espíritu que a él le abrumaba. Pero sí, sí, mi Adah, mi pobre

Adah comprendía mi espíritu. Es que era cristiana. Mas tampoco yo encontré algo que conmigo simpatizara.

»Hasta que leí y releí el *Caín* byroniano, yo, que tantos hombres había visto agonizar y morir, no pensé en la muerte, no la descubrí. Y entonces pensé si al morir me moriría con mi odio, si se moriría conmigo o si me sobreviviría; pensé si el odio sobrevive a los odiadores, si es algo sustancial y que se trasmite, si es el alma, la esencia misma del alma. Y empecé a creer en el Infierno y que la muerte es un ser, es el Demonio, es el Odio hecho persona, es el dios del alma. Todo lo que mi ciencia no me enseñó me enseñaba el terrible poema de aquel gran odiador que fue lord Byron.

»Mi Adah también me echaba dulcemente en cara cuando yo no trabajaba, cuando no podía trabajar. Y Luzbel estaba entre mi Adah y yo. "¡No vayas con ese Espíritu!", me gritaba mi Adah. ¡Pobre Antonia! Y me pedía también que la salvara de aquel Espíritu. Mi pobre Adah no llegó a odiarlos como los odiaba yo. Pero ¿llegué yo a querer de veras a mi Antonia? ¡Ah!, si hubiera sido capaz de quererla me habría salvado. Era para mí otro instrumento de venganza. Queríala para madre de un hijo o de una hija que me vengaran. Aunque pensé, necio de mí, que una vez padre se me curaría aquello. Mas ¿acaso no me casé sino para hacer odiosos como yo, para trasmitir mi odio, para inmortalizarlo?

»Se me quedó grabada en el alma como con fuego aquella escena de Caín y Luzbel en el abismo del espacio. Vi mi ciencia a través de mi pecado y de la miseria de dar vida para propagar la muerte. Y vi que aquel odio inmortal era mi alma. Ese odio pensé que debió de haber precedido a mi nacimiento y que sobreviviría a mi muerte. Y me sobrecogí de espanto al pensar en vivir siempre para aborrecer siempre. Era el Infierno. ¡Y yo que tanto me había reído de la creencia en él! ¡Era el Infierno!

»Cuando leí cómo Adah habló a Caín de su hijo, de
Enoc, pensé en el hijo, o en la hija que había de tener;
pensé en ti, hija mía; mi redención y mi consuelo; pensé
en que tú vendrías a salvarme un día. Y al leer lo que
aquel Caín decía a su hijo dormido e inocente, que no sabía que estaba desnudo, pensé si no había sido en mí un
crimen engendrarte, ¡pobre hija mía! ¿me perdonarás haberte hecho? Y al leer lo que Adah decía a su Caín, re-
cordé mis años de paraíso, cuando aún no iba a cazar premios, cuando no soñaba en superar a todos los demás.
No, hija mía, no; no ofrecí mis estudios a Dios con corazón puro, no busqué la verdad y el saber, sino que busqué los premios y la fama y ser más que él.

»El, Abel, amaba su arte y lo cultivaba con pureza de
intención y no trató nunca de imponérseme. ¡No, no fue
él quien me la quitó, no! ¡Y yo llegué a pensar en derri-
bar el altar de Abel, loco de mí! Y es que no había pensado más que en mí.

»El relato de la muerte de Abel tal y como aquel te
rrible poeta del demonio nos lo expone me cegó. Al leerlo sentí que se me iban las cosas y hasta creo que sufrí
un mareo. Y desde aquel día, gracias al impío Byron, empecé a creer.»

XIII

Le dio Antonia a Joaquín una hija. «¡Una hija —se
dijo— y él un hijo!» Mas pronto se repuso de esta nueva
treta de su demonio. Y empezó a querer a su hija con
toda la fuerza de su pasión, y por ella a la madre. «Será
mi vengadora —se dijo primero, sin saber de qué habría
de vengarle, y luego—: Será mi purificadora.»

«Empecé a escribir esto —dejó escrito en su *Confesión*— más tarde para mi hija, para que ella, después de

yo muerto, pudiese conocer a su pobre padre y compadecerle y quererle. Mirándola dormir en la cuna, soñando su inocencia, pensaba que para criarla y educarla pura tenía yo que purificarme de mi pasión, limpiarme de la lepra de mi alma. Y decidí hacerle que amase a todos y sobre todo a ellos. Y así, sobre la inocencia de su sueño, juré libertarme de mi infernal cadena. Tenía que ser yo el mayor heraldo de la gloria de Abel.»

Y sucedió que habiendo Abel Sánchez acabado su cuadro, lo llevó a una Exposición, donde obtuvo un aplauso general y fue admirado como estupenda obra maestra, y se le dio la medalla de honor.

Joaquín iba a la sala de Exposición a contemplar el cuadro y a mirar en él, como si mirase en un espejo, al Caín de la pintura y a espiar en los ojos de las gentes si le miraban a él después de haber mirado al otro.

«Torturábame la sospecha —escribió en su *Confesión*— de que Abel hubiese pensado en mí al pintar su Caín, de que hubiese descubierto todas las insondables negruras de la conversación que con él mantuve en su casa cuando me anunció su propósito de pintarlo y cuando me leyó los pasajes del Génesis, y yo me olvidé tanto de él y pensé tanto en mí mismo, que puse al desnudo mi alma enferma. Pero ¡no! No había en el Caín de Abel el menor parecido conmigo, no pensó en mí al pintarlo, es decir, no me despreció, no lo pintó desdeñosamente, ni Helena debió de decirle nada de mí. Les bastaba con saborear el futuro triunfo, el que esperaban. ¡Ni siquiera pensaban en mí!

»Y esta idea de que ni siquiera pensasen en mí, de que no me odiaran, torturábame aún más que lo otro. Ser odiado por él con un odio como el que yo le tenía, era algo y podía haber sido mi salvación.»

Y fue más allá, o entró más dentro de sí Joaquín, y fue que lanzó la idea de dar un banquete a Abel para cele-

brar su triunfo y que él, su amigo de siempre, su amigo
de antes de conocerse, le ofrecería el banquete.

Joaquín gozaba de cierta fama de orador. En la Aca-
demia de Medicina y Ciencias era el que dominaba a los
demás con su palabra cortante y fría, precisa y sarcástica
de ordinario. Sus discursos solían ser chorros de agua fría
sobre los entusiasmos de los principiantes, acres leccio-
nes de escepticismo pesimista. Su tesis ordinaria, que nada
se sabía de cierto en Medicina, que todo era hipótesis y
un continuo tejer y destejer, que lo más seguro era la des-
confianza. Por esto, al saberse que era él, Joaquín, quien
ofrecería el banquete, echáronse los más a esperar albo-
rozados un discurso de doble filo, una disección despia-
dada, bajo apariencias de elogio, de la pintura científica
y documentada, o bien un encomio sarcástico de ella. Y
un regocijo malévolo corría por los corazones de todos
los que habían oído alguna vez hablar a Joaquín del arte
de Abel. Apercibiéronle a éste del peligro.

—Os equivocáis —les dijo Abel—. Conozco a Joaquín
y no le creo capaz de eso. Sé algo de lo que le pasa, pero
tiene un profundo sentido artístico y dirá cosas que val-
ga la pena de oírlas. Y ahora quiero hacerle un retrato.

—¿Un retrato?

—Sí, vosotros no le conocéis como yo. Es un alma de
fuego tormentosa.

—Hombre más frío...

—Por fuera. Y en todo caso dicen que el fuego quema.
Es una figura tormentosa que ni aposta...

Y este juicio de Abel llegó a oídos del juzgado, de Joaquín, y le sumió más en sus cavilaciones. «¿Qué pensará
en realidad de mí?» —se decía—. «¿Será cierto que me tiene así, por un alma de fuego, tormentosa? ¿Será cierto
que me reconoce víctima del capricho de la suerte?»

Llegó en esto algo de que tuvo que avergonzarse hon-
damente, y fue que, recibida en su casa una criada que ha-

bía servido en la de Abel, la requirió de ambiguas familiaridades, mas sin comprometerse, no más que para inquirir de ella lo que en la otra casa hubiera oído decir de él.

—Pero, vamos, dime, ¿es que no le oíste nunca nada de mí?

—Nada, señorito, nada.

—¿Pero no hablaban alguna vez de mí?

—Como hablar, sí, creo que sí, pero no decían nada.

—¿Nada, nunca nada?

—Yo no les oía hablar. En la mesa, mientras yo les servía, hablaban poco y cosas de esas que se hablan en la mesa. De los cuadros de él...

—Lo comprendo. ¿Pero nada, nunca nada de mí?

—No me acuerdo.

Y al separarse la criada sintió Joaquín entrañada aversión a sí mismo. «Me estoy idiotizando —se dijo—. ¡Qué pensará de mí esta muchacha!» Y tanto le acongojó esto que hizo que con un pretexto cualquiera se le despachase a aquella criada. «¿Y si ahora va —se dijo luego— y vuelve a servirle a Abel y le cuenta esto?» Por lo que estuvo a punto de pedir a su mujer que volviera a llamarla. Mas no se atrevió. E iba siempre temblando de encontrarla por la calle.

XIV

Llegó el día del banquete. Joaquín no durmió la noche de la víspera.

—Voy a la batalla, Antonia —le dijo a su mujer al salir de casa.

—Que Dios te ilumine y te guíe, Joaquín.

—Quiero ver a la niña, a la pobre Joaquinita...

—Sí, ven, mírala..., está dormida...

—¡Pobrecilla! ¡No sabe lo que es el demonio! Pero yo
te juro, Antonia, que sabré arrancármelo. Me lo arranca-
ré, lo estrangularé y lo echaré a los pies de Abel. Le daría un beso si no fuese que temo despertarla...

—¡No, no! ¡Bésala!

Inclinóse el padre y besó a la niña dormida, que son-
rió al sentirse besada en sueños.

—¿Ves, Joaquín?, también ella te bendice.

—¡Adiós, mujer! —y le dio un beso largo, muy largo.

Ella se fue a rezar ante la imagen de la Virgen.

Corría una maliciosa expectación por debajo de las
conversaciones mantenidas durante el banquete. Joaquín,
sentado a la derecha de Abel, e intensamente pálido, apenas comía ni hablaba. Abel mismo empezó a temer algo.

A los postres se oyeron siseos, empezó a cuajar el silencio, y alguien dijo: «¡Que hable!» Levantóse Joaquín.
Su voz empezó temblona y sorda, pero pronto se aclaró
y vibraba con un acento nuevo. No se oía más que su
voz, que llenaba el silencio. El asombro era general. Jamás se había pronunciado un elogio más férvido, más en-
cendido, más lleno de admiración y cariño a la obra y a
su autor. Sintieron muchos asomárseles las lágrimas cuando Joaquín evocó aquellos días de su común infancia con
Abel, cuando ni uno ni otro soñaban lo que habrían
de ser.

«Nadie le ha conocido más adentro que yo —decía—;
creo conocerte mejor que me conozco a mí mismo, más
puramente, porque de nosotros mismos no vemos en
nuestras entrañas sino el fango de que hemos sido hechos. Es en otros donde vemos lo mejor de nosotros y
lo amamos, y eso es la admiración. El ha hecho en su arte
lo que yo habría querido hacer en el mío, y por eso es
uno de mis modelos; su gloria es un acicate para mi trabajo y es un consuelo de la gloria que no he podido adquirir. El es nuestro, de todos, él es mío sobre todo, y

yo gozando su obra, la hago tan mía como él la hizo suya creándola. Y me consuelo de verme sujeto a mi medianía...»

Su voz lloraba a las veces. El público estaba subyugado, vislumbrando oscuramente la lucha gigantesca de aquel alma con su demonio.

«Y ved la figura de Caín —decía Joaquín dejando gotear las ardientes palabras—, del trágico Caín, del labrador errante, del primero que fundó ciudades, del padre de la industria, de la envidia y de la vida civil, ¡vedla! Ved con qué cariño, con qué compasión, con qué amor al desgraciado está pintada. ¡Pobre Caín! Nuestro Abel Sánchez admira a Caín como Milton admiraba a Satán, está enamorado de su Caín como Milton lo estuvo de su Satán, porque admirar es amar y amar es compadecer. Nuestro Abel ha sentido toda la miseria, toda la desgracia inmerecida del que mató al primer Abel, del que trajo, según la leyenda bíblica, la muerte al mundo. Nuestro Abel nos hace comprender la culpa de Caín, porque hubo culpa, y compadecerle y amarle... ¡Este cuadro es un acto de amor!»

Cuando acabó Joaquín de hablar medió un silencio espeso, hasta que estalló una salva de aplausos. Levantóse entonces Abel, y pálido, convulso, tartamudeante, con lágrimas en los ojos, le dijo a su amigo:

—Joaquín, lo que acabas de decir vale más, mucho más que mi cuadro, más que todos los cuadros que he pintado, más que todos los que pintaré... Eso, eso es una obra de arte y de corazón. Yo no sabía lo que he hecho hasta que te he oído. ¡Tú, y no yo, has hecho mi cuadro, tú!

Y abrazáronse llorando los dos amigos de siempre entre los clamorosos aplausos y vivas de la concurrencia, puesta en pie. Y al abrazarse le dijo Joaquín a su demonio: «¡Si pudieras ahora ahogarle en tus brazos!...»

—¡Estupendo! —decían—. ¡Qué orador! ¡Qué discur-

so! ¿Quién podía haber esperado esto? ¡Lástima que no
haya traído taquígrafos!

—Esto es prodigioso —decía uno—. No espero volver
a oír cosa igual.

—A mí —añadía otro— me corrían escalofríos al oírlo.

—¡Pero mírale, mírale qué pálido está!

Y así era. Joaquín, sintiéndose, después de su victoria,
vencido, sentía hundirse en una sima de tristeza. No, su
demonio no estaba muerto. Aquel discurso fue un éxito
como no lo había tenido, como no volvería a tenerlo, y
le hizo concebir la idea de dedicarse a la oratoria para adquirir en ella gloria con que oscurecer la de su amigo en
la pintura.

—¿Has visto cómo lloraba Abel? —decía uno al salir.

—Es que este discurso de Joaquín vale por todos los
cuadros del otro. El discurso ha hecho el cuadro. Habrá
que llamarle el cuadro del discurso. Quita el discurso, ¿y
qué queda del cuadro? ¡Nada! A pesar del primer premio.

Cuando Joaquín llegó a casa, Antonia salió a abrirle la
puerta y a abrazarle.

—Ya lo sé, ya me lo han dicho. ¡Así, así! Vales más
que él, mucho más que él; que sepa que si su cuadro vale
será por tu discurso.

—Es verdad, Antonia, es verdad, pero...

—Pero ¿qué? ¿Todavía...?

—Todavía, sí. No quiero decirte las cosas que el demonio, mi demonio, me decía mientras nos abrazá-
bamos...

—¡No, no me las digas, cállate!

—Pues tápame la boca.

Y ella se la tapó con un beso largo, cálido, húmedo,
mientras se le nublaban de lágrimas los ojos.

—A ver si me sacas el demonio, Antonia, a ver si me
lo sorbes.

—Sí, para quedarme con él, ¿no es eso? —y procuraba reírse la pobre.

—Sí, sórbemelo, que a ti no puede hacerte daño, que en ti se morirá, se ahogará en tu sangre como en agua bendita...

Y cuando Abel se encontró en su casa, a solas con su Helena, ésta le dijo:

—Ya han venido a contarme lo del discurso de Joaquín. ¡Ha tenido que tragar tu triunfo..., ha tenido que tragarte!...

—No hables así, mujer, que no le has oído.

—Como si le hubiese oído.

—Le salía del corazón. Me ha conmovido. Te digo que ni yo sé lo que he pintado hasta que no le he oído a él explicárnoslo.

—No te fíes..., no te fíes de él... Cuando tanto te ha elogiado, por algo será...

—¿Y no puede haber dicho lo que sentía?

—Tú sabes que está muerto de envidia de ti...

—Cállate.

—Muerto, sí, muertecito de envidia de ti...

—¡Cállate, cállate, mujer, cállate!

—No, no son celos, porque él ya no me quiere, si es que me quiso... Es envidia..., envidia...

—¡Cállate! ¡Cállate! —rugió Abel.

—Bueno, me callo, pero tú verás...

—Ya he visto y he oído, y me basta. ¡Cállate, digo!

XV

¡Pero, no, no! Aquel acto heroico no le curó al pobre Joaquín.

«Empecé a sentir remordimiento —escribió en su *Confesión*— de haber dicho lo que dije, de no haber dejado estallar mi mala pasión para así librarme de ella, de no haber acabado con él artísticamente, denunciando los engaños y falsos efectismos de su arte, sus imitaciones, su técnica fría y calculada, su falta de emoción; de no haber matado su gloria. Y así me habría librado de lo otro, diciendo la verdad, reduciendo su prestigio a su verdadera tasa. Acaso Caín, el bíblico, el que mató al otro Abel, empezó a querer a éste luego que le vio muerto. Y entonces fue cuando empecé a creer: de los efectos de aquel discurso provino mi conversión.»

Lo que Joaquín llamaba así en su *Confesión* fue que Antonia, su mujer, que le vio no curado, que le temió acaso incurable, fue induciéndole a que buscase armas en la religión de sus padres, en la de ella, en la que había de ser de su hija, en la oración.

—Tú lo que debes hacer es ir a confesarte...

—Pero, mujer, si hace años que no voy a la iglesia...

—Por lo mismo...

—Pero si no creo en esas cosas...

—Eso creerás tú, pero a mí me ha explicado el padre cómo vosotros, los hombres de ciencia, creéis no creer, pero creéis. Yo sé que las cosas que te enseñó tu madre, las que yo enseñaré a nuestra hija...

—¡Bueno, bueno, déjame!

—No, no te dejaré. Vete a confesarte, te lo ruego.

—¿Y qué dirán los que conocen mis ideas?

—¡Ah!, ¿es eso? ¿Son respetos humanos?

Mas la cosa empezó a hacer mella en el corazón de Joaquín y se preguntó si realmente no creía, y aun sin creer quiso probar si la Iglesia podría curarle. Y empezó a frecuentar el templo, algo demasiado a las claras, como en son de desafío a los que conocían sus ideas irreligiosas, y acabó yendo a un confesor. Y una vez en el confesionario se le desató el alma.

—Le odio, padre, le odio con toda mi alma, y a no

creer como creo, a no querer creer como quiero creer, le mataría...

—Pero eso, hijo mío, eso no es odio; eso es más bien envidia.

—Todo odio es envidia padre, todo odio es envidia.

—Pero debe cambiarlo, en noble emulación, en deseo de hacer en su profesión, y sirviendo a Dios lo mejor que pueda.

—No puedo, no puedo, no puedo trabajar. Su gloria no me deja.

—Hay que hacer un esfuerzo... Para eso el hombre es libre...

—No creo en el libre albedrío, padre. Soy médico.

—Pero...

—¿Qué hice yo para que Dios me hiciese así, rencoroso, envidioso, malo? ¿Qué mala sangre me legó mi padre?

—Hijo mío..., hijo mío...

—No, no creo en la libertad humana, y el que no cree en la libertad no es libre. ¡No, no lo soy! ¡Ser libre es creer serlo!

—Es usted malo porque desconfía de Dios.

—El desconfiar de Dios, ¿es maldad, padre?

—No quiero decir eso, sino que la mala pasión de usted proviene de que desconfía de Dios...

—¿El desconfiar de Dios es maldad? Vuelvo a preguntárselo.

—Sí, es maldad.

—Luego desconfío de Dios porque me hizo malo, como a Caín le hizo malo. Dios me hizo desconfiado...

—Le hizo libre.

—Sí, libre de ser malo.

—¡Y de ser bueno!

—¿Por qué nací, padre?

—Pregunte más bien para qué nació...

XVI

Abel había pintado una Virgen con el Niño en brazos, que no era sino un retrato de Helena, su mujer, con el hijo, Abelito. El cuadro tuvo éxito, fue reproducido, y ante una espléndida fotografía de él rezaba Joaquín a la Virgen Santísima, diciéndole: «¡Protégeme! ¡Sálvame!»

Pero mientras así rezaba, susurrándose en voz baja como para oírse, quería acallar otra voz más honda, que brotándole de las entrañas le decía: «¡Así se muera! ¡Así te la deje libre!»

—¿Conque te has hecho ahora reaccionario? —le dijo un día Abel a Joaquín.

—¿Yo?

—Sí, me han dicho que te has dado a la iglesia y que oyes misa diaria, y como nunca has creído ni en Dios ni en el diablo, y no es cosa de convertirse así, sin más ni menos, pues te has hecho reaccionario.

—Y a ti, ¿qué?

—No, si no te pido cuentas; pero... ¿crees de veras?

—Necesito creer.

—Eso es otra cosa. Pero ¿crees?

—Ya te he dicho que necesito creer, y no me preguntes más.

—Pues a mí con el arte me basta; el arte es mi religión.

—Pues has pintado Vírgenes...

—Sí, a Helena.

—Que no lo es precisamente.

—Para mí como si lo fuese. Es la madre de mi hijo...

—¿Nada más?

—Y toda madre es virgen en cuanto es madre.

—¡Ya estás haciendo teología!

—No sé, pero aborrezco el reaccionarismo y la gaz-moñería. Todo eso me parece que no nace sino de la en-vidia, y me extraña en ti, que te creo muy capaz de dis-

tinguirte del vulgo, de los mediocres, me extraña que te
pongas ese uniforme.

—¡A ver, a ver, Abel, explícate!

—Es muy claro. Los espíritus vulgares, ramplones, no
consiguen distinguirse, y como no pueden sufrir que
otros se distingan, les quieren imponer el uniforme del
dogma, que es un traje de munición, para que no se distingan. El origen de toda ortodoxia, lo mismo en religión
que en arte, es la envidia, no te quepa duda. Si a todos
se nos deja vestirnos como se nos antoje, a uno se le ocurre un atavío que llame la atención y pone de realce su
natural elegancia, y si es hombre hace que las mujeres le
admiren, y se enamoren de él, mientras otro, naturalmente, ramplón y vulgar, no logra sino ponerse en ridículo
buscando vestirse a su modo, y por eso los vulgares, los
ramplones, que son los envidiosos, han ideado una especie de uniforme, un modo de vestirse como muñecos, que
pueda ser moda, porque la moda es otra ortodoxia. De-
sengáñate, Joaquín: eso que llaman ideas peligrosas, atre-
vidas, impías, no son sino las que no se les ocurre a los
pobres de ingenio rutinario, a los que no tienen ni pizca
de sentido propio ni originalidad, y sí sólo sentido común y vulgaridad. Lo que más odian es la imaginación y
porque no la tienen.

—Y aunque así sea —exclamó Joaquín—, ¿es que esos
que llamas los vulgares, los ramplones, los mediocres, no
tienen derecho a defenderse?

—Otra vez defendiste en mi casa, ¿te acuerdas?, a Caín,
el envidioso, y luego, en aquel inolvidable discurso que
me moriré repitiéndotelo, en aquel discurso al que debo
lo más de mi reputación, nos enseñaste, me enseñaste a
mí al menos, el alma de Caín. Pero Caín no era ningún
vulgar, ningún ramplón, ningún mediocre...

—Pero fue el padre de los envidiosos...

—Sí, pero de otra envidia, no la de esa gente... La en-

vidia de Caín era algo más grande: la del fanático inqui-
sidor es lo más pequeño que hay. Y me choca verte entre
ellos...

«Pero ¿este hombre —se decía Joaquín al separarse de
Abel— es que lee en mí? Aunque no, parece no darse
cuenta de lo que me pasa. Habla y piensa como pinta sin
saber lo que dice y lo que pinta. Es un inconsciente, aunque yo me empeñe en ver en él un técnico reflexivo...»

XVII

Enteróse Joaquín de que Abel andaba enredado con
una antigua modelo, y esto le corroboró en su aprensión
de que no se había casado con Helena por amor. «Se casaron —decíase— por humillarme.» Y luego se añadía:
«Ni ella, ni Helena le quiere, ni puede quererle... Ella no
quiere a nadie, es incapaz de cariño, no es más que un
hermoso estuche de vanidad... Por vanidad y por desdén
a mí se casó, y por vanidad o por capricho es capaz de
faltar a su marido... Y hasta con el mismo a quien no quiso para marido...» Surgíale a la vez entre pavesas una bra-
sa que creía apagada al hielo de su odio, y era su antiguo
amor a Helena. Seguía, sí, a pesar de todo, enamorado
de la pava real, de la coqueta, de la modelo de su marido.
Antonia le era muy superior, sin duda, pero la otra era
la otra. Y luego, la venganza..., ¡es tan dulce la venganza!
¡Tan tibia para un corazón helado!

A los pocos días fue a casa de Abel, acechando la hora
en que éste se hallara fuera de ella. Encontró a Helena
sola con el niño, a aquella Helena, a cuya imagen divini-
zada había en vano pedido protección y salvación.

—Ya me ha dicho Abel —le dijo su prima— que aho-

ra te ha dado por la iglesia. ¿Es que Antonia te ha llevado a ella, o es que vas huyendo de Antonia?

—¿Pues?

—Porque los hombres soléis haceros beatos o a rastras
de la mujer o escapando de ella...

—Hay quien escapa de la mujer, y no para ir a la iglesia precisamente.

—Si, ¿eh?

—Sí, pero tu marido, que te ha venido con el cuento
ese, no sabe algo más, y es que no sólo rezo en la Iglesia...

—¡Es claro! Todo hombre devoto debe hacer sus ora-
ciones en casa.

—Y las hago. Y la principal es pedir a la Virgen que
me proteja y me salve.

—Me parece bien.

—¿Y sabes ante qué imagen pido eso?

—¡Si tú no me lo dices...!

—Ante la que pintó tu marido...

Helena volvió la cara de pronto, enrojecida, al niño
que dormía en un rincón del gabinete. La brusca violencia del ataque la desconcertó. Mas reponiéndose dijo:

—Eso me parece una impiedad de tu parte, y prueba,
Joaquín, que tu nueva devoción no es más que una farsa
y algo peor...

—Te juro, Helena...

—El segundo, no jurar su santo nombre en vano.

—Pues te juro, Helena, que mi conversión fue verdadera, es decir, que he querido creer, que he querido de-
fenderme con la fe de una pasión que me devora...

—Sí, conozco tu pasión.

—¡No, no la conoces!

—La conozco. No puedes sufrir a Abel.

—Pero ¿por qué no puedo sufrirle?

—Eso tú lo sabrás. No has podido sufrirle nunca, ni aun antes de que me lo presentases.

—¡Falso!... ¡Falso!

—¡Verdad! ¡Verdad!

—¿Y porque no he de poder sufrirle?

—Pues porque adquiere fama, porque tiene renombre... ¿No tienes tú clientela? ¿No ganas con ella?

—Pues mira, Helena, voy a decirte la verdad, toda la verdad. ¡No me basta con eso! Yo querría haberme hecho famoso, haber hallado algo nuevo en mi ciencia, haber unido mi nombre a algún descubrimiento científico...

—Pues ponte a ello, que talento no te falta.

—Ponerme a ello..., ponerme a ello... Habríame puesto a ello, sí, Helena, si hubiese podido haber puesto esa gloria a tus pies...

—¿Y por qué no a los de Antonia?

—¡No hablemos de ella!

—¡Ah, pero ¿Has venido a esto? ¿Has espiado el que mi Abel —y recalcó el *mí*—estuviese fuera para venir a esto?

—Tu Abel..., tu Abel... ¡Valiente caso hace de ti tu Abel!

—¿Qué? ¿También delator, acusique, soplón?

—Tu Abel tiene otras modelos que tú.

—¿Y qué? —exclamó Helena, irguiéndose—. ¿Y qué si las tiene? ¡Señal de que sabe ganarlas! ¿o es que también de eso le tienes envidia? ¿Es que no tienes más remedio que contentarte con... tu Antonia? ¡Ah!, y porque él ha sabido buscarse otra, ¿vienes tú aquí a buscarte otra también? ¿Y vienes así, con chismes de éstos? ¿No te da vergüenza, Joaquín? Quítate, quítate de ahí, que me da bascas sólo el verte.

—¡Por Dios, Helena, que me estás matando..., que me estás matando!

—Anda, vete, vete a la iglesia, hipócrita, envidioso; vete a que tu mujer te cure, que estás muy malo.

—¡Helena, Helena, que tú sola puedes curarme! ¡Por cuanto más quieras, Helena, mira que pierdes para siempre a un hombre!

—¡Ah! ¿y quieres que por salvarte a ti pierda a otro, al mío?

—A ése no le pierdes; le tienes ya perdido. Nada le importa de ti. Es incapaz de quererte. Yo, yo soy el que te quiere, con toda mi alma, con un cariño como no puedes soñar.

Helena se levantó, fue al niño y, despertándolo, cojiólo en brazos y, volviendo a Joaquín, le dijo:

—¡Vete! Es éste, el hijo de Abel, quien te echa de su casa: ¡vete!

XVIII

Joaquín empeoró. La ira al conocer que se había desnudado el alma ante Helena, y el despecho por la manera como ésta le rechazó, en que vio claro que le despreciaba, acabó de enconarle el ánimo. Mas se dominó, buscando en su mujer y en su hija consuelo y remedio. Ensombreciósele aún más su vida de hogar; se le agrió el humor.

Tenía entonces en casa una criada muy devota, que procuraba oír misa diaria y se pasaba las horas que el servicio le dejaba libre encerrada en su cuarto haciendo sus devociones. Andaba con los ojos bajos, fijos en el suelo, y respondía a todo con la mayor mansedumbre y en voz algo gangosa. Joaquín no podía resistirla y la regañaba con cualquier pretexto. «Tiene razón el señor», solía decirle ella.

—¿Cómo que tengo razón? —exclamó una vez, ya perdida la paciencia, él, el amo—. ¡No! ¡Ahora no tengo razón!

—Bueno, señor; no se enfade. No la tendrá.

—¿Y nada más?

—No le entiendo señor.

—¿Cómo que no me entiendes, gazmoña, hipócrita? ¿Por qué no te defiendes? ¿Por qué no me replicas? ¿Por qué no te rebelas?

—¿Rebelarme yo? Dios y la Santísima Virgen me defiendan de ello, señor.

—¿Pero quieres más —intervino Antonia— sino que reconozca sus faltas?

—No, no las reconoce. ¡Está llena de soberbia!

—¿De soberbia yo, señor?

—¿Lo ves? Es la hipócrita soberbia de no reconocerla. Es que está haciendo conmigo, a mi costa, ejercicios de humildad y de paciencia; es que toma mis accesos de mal humor como cilicios para ejercitarse en la virtud de la paciencia. ¡Y a mi costa, no! ¡No, no y no! ¡A mi costa, no! A mi no se me toma de instrumento para hacer méritos para el cielo. ¡Eso es hipocresía!

La criadita lloraba, rezando entre dientes.

—Pero y si es verdad, Joaquín —dijo Antonia—, que realmente es humilde, ¿por qué va a rebelarse? Si se hubiese rebelado, te habrías irritado aún más.

—¡No! Es una canallada tomar las flaquezas del prójimo como medio para ejercitarnos en la virtud. Que me replique, que se insolente, que sea persona... y no criada...

—Entonces, Joaquín, te irritaría más.

—No. Lo que más me irrita son esas pretensiones a mayor perfección.

—Se equivoca usted, señor —dijo la criada sin levantar los ojos del suelo—; yo no me creo mejor que nadie.

—No ¿eh? ¡Pues yo sí! Y el que no se crea mejor que

otro es un mentecato. ¡Tú te creerás la más pecadora de las mujeres. ¿Es eso? ¡Anda responde!

—Esas cosas no se preguntan, señor.

—Anda, responde, que también San Luis Gonzaga dicen que se creía el más pecador de los hombres. Responde: ¿Te crees, sí o no, la más pecadora de las mujeres?

—Los pecados de las otras no van a mi cuenta, señor.

—¡Idiota, más que idiota! ¡Vete de ahí!

—Dios le perdone como yo le perdono, señor.

—¿De qué? Ven y dímelo: ¿de qué? ¿De qué me tiene que perdonar Dios? Anda, dilo.

—Bueno, señora, lo siento por usted, pero me voy de esta casa.

—Por ahí debiste empezar— concluyó Joaquín.

Y luego a solas con su mujer, le decía:

—¿Y no irá diciendo esta gatita muerta que estoy loco? ¿No lo estoy acaso, Antonia? Dime: ¿estoy loco? ¡Sí o no!

—Por Dios, Joaquín, no te pongas así.

—Sí, sí, creo estar loco... Enciérrame. Esto va a acabar conmigo.

—Acaba tú con ello.

XIX

Concentró entonces todo su ahínco en su hija, en criarla y educarla, en mantenerla libre de las inmundicias morales del mundo.

—Mira —solía decirle a su mujer—, es una suerte que sea sola, que no hayamos tenido más.

—¿No te habría gustado un hijo?

—No, no. Es mejor hija. Es más fácil aislarla del mundo indecente. Además, si hubiésemos tenido dos, habrían nacido envidias entre ellos.

—¡O no!

—¡O sí! No se puede repartir el cariño igualmente entre varios. Lo que se le da al uno se le quita al otro. Cada uno pide todo para él y sólo para él. No, no, no quisiera verme en el caso de Dios...

—¿Y cuál es ese caso?

—El de tener tantos hijos. ¿No dicen que somos todos hijos de Dios?

—No digas esas cosas, Joaquín...

—Unos están sanos para que otros estén enfermos... ¡Hay que ver el reparto de las enfermedades!...

No quería que su hija tratase con nadie. La llevó una maestra particular a casa, y él mismo, en ratos de ocio, le enseñaba algo.

La pobre Joaquina adivinó en su padre a un paciente mientras recibía de él una concepción tétrica del mundo y de la vida.

—Te digo —le decía Joaquín a su mujer— que es mejor, mucho mejor, que tengamos una hija sola, que no tengamos que repartir el cariño...

—Dicen que cuanto más se reparte crece más...

—No creas así. ¿Te acuerdas de aquel pobre Ramírez, el procurador? Su padre tenía dos hijos y dos hijas y pocos recursos. En su casa no se comía sino sota, caballo y rey, cocido, pero no principio; sólo el padre, Ramírez padre, tomaba principio, del cual daba alguna vez a uno de los hijos y a una de sus hijas, pero nunca a los otros. Cuando repicaban gordo, en días señalados, había dos principios para todos y otro además para él, para el amo de la casa, que en algo había de distinguirse. Hay que conservar la jerarquía. Y a la noche, al recojerse a dormir, Ra-

mírez padre daba siempre un beso a uno de los hijos y a
una de las hijas, pero no a los otros niños.

—¡Qué horror! ¿Y por qué?

—¡Qué sé yo!... Le parecerían más guapos los prefe-
ridos...

—Es como lo de Carvajal, que no puede ver a su hija
menor...

—Es que le ha llegado la última, seis años después de
la anterior y cuando andaba mal de recursos. Es una nueva carga e inesperada. Por eso le llaman la intrusa.

—¡Qué horrores, Dios mío!

—Así es la vida, Antonia, un semillero de horrores. Y
bendigamos a Dios el no tener que repartir nuestro cariño.

—¡Cállate

—¡Cállome!

Y le hizo callar.

XX

El hijo de Abel estudiaba Medicina, y su madre solía
dar a Joaquín noticias de la marcha de sus estudios. Habló Joaquín algunas veces con el muchacho mismo y le
cobró algún afecto; tan insignificante le pareció.

—¿Y cómo le dedicas a médico y no a pintor? —le preguntó a su amigo.

—No le dedico yo, se dedica él. No siente vocación alguna por el arte.

—Claro. Y para estudiar Medicina no hace falta vocación...

—No he dicho eso. Tú siempre, tan mal pensado. Y
no sólo no siente vocación por la pintura, pero ni curio-

sidad. Apenas si se detiene a ver lo que pinto ni se informa de ella.

—Es mejor así acaso...

—¿Por qué?

—Porque si se hubiera dedicado a la pintura, o lo hacía mejor que tú o peor. Si peor, eso de ser Abel Sánchez, hijo, al que llamarían Abel Sánchez el Malo o Sánchez el Malo o Abel el Malo, no está bien ni él lo sufriría...

—¿Y si fuera mejor que yo?

—Entonces serías tú quien no lo sufriría.

—Piensa el ladrón que todos son de su condición.

—Sí; venme ahora a mí, a mí, con esas pamemas. Un artista no soporta la gloria de otro, y menos si es su propio hijo o su hermano. Antes la de un extraño. Eso de que uno de su sangre le supere..., ¡eso no! ¿Cómo explicarlo? Haces bien en dedicarle a la Medicina.

—Además, así ganará más.

—Pero ¿quieres hacerme creer que no ganas mucho con la pintura?

—¡Bah! Algo.

—Y, además, gloria.

—¿Gloria? Para lo que dura...

—Menos dura el dinero.

—Pero es más sólido.

—No seas farsante, Abel. No finjas despreciar la gloria.

—Te aseguro que lo que hoy me preocupa es dejar una fortuna a mi hijo.

—Le dejarás un nombre.

—Los nombres no se cotizan.

—¡El tuyo, sí!

—Mi firma, pero es... ¡Sánchez! ¡Y menos mal si no le da por firmar Abel S. Puig!..., que le hagan marqués de Casa Sánchez. Y luego, el Abel quita la malicia al Sánchez. Abel Sánchez suena bien.

XXI

Huyendo de sí mismo, y para ahogar con la constante presencia del otro, de Abel, en su espíritu la triste conciencia enferma que se le presentaba, empezó a frecuentar una «peña» del Casino.

Aquella conversación lijera le serviría como de narcótico, o más bien se embriagaría con ella. ¿No hay quien se entrega a la bebida para ahogar en ella una pasión devastadora, para derretir en vino un amor frustrado? Pues él se entregaría a la conversación casinera, a oírla más que a tomar parte muy activa en ella, para ahogar también su pasión. Sólo que el remedio fue peor que la enfermedad.

Iba siempre decidido a contenerse, a reír y bromear, a murmurar como por juego, a presentarse a modo de desinteresado espectador de la vida, bondadoso como un escéptico de profesión, atento a lo de que comprender es perdonar, y sin dejar traslucir el cáncer que le devoraba la voluntad. Pero el mal le salía por la boca, en las palabras, cuando menos lo esperaba y percibían todos en ellas el hedor del mal. Y volvía a casa irritado contra sí mismo, reprochándose su cobardía y el poco dominio sobre sí y decidido a no volver más a la «peña» del Casino. «No —se decía—, no vuelvo, no debo volver; esto me empeora, me agrava; aquel ámbito es deletéreo; no se respira allí más que malas pasiones retenidas; no, no vuelvo. Lo que yo necesito es soledad, soledad. ¡Santa soledad!»

Y volvía.

Volvía por no poder sufrir la soledad. Pues en la soledad jamás lograba estar solo, sino que siempre allí, el otro. ¡El otro! Llegó a sorprenderse en diálogo con él, tramando lo que el otro le decía. Y el otro, en estos diálogos solitarios, en estos monólogos dialogados, le decía cosas indiferentes o gratas, no le mostraba ningún rencor. «¿Por qué no me odia?, ¡Dios mío! —llegó a decirse—. ¿Por qué no me odia?»

Y se sorprendió un día a sí mismo a punto de pedir a Dios, en infame oración diabólica, que infiltrase en el alma de Abel odio a él, a Joaquín.

Y otra vez: «¡Ah, si me envidiase..., si me envidiase!...» Y a esta idea, que como fulgor lívido cruzó por las tinieblas de su espíritu de amargura, sintió un gozo de derretimiento, un gozo que le hizo temblar hasta los tuétanos del alma, escalofriados. ¡Ser envidiado!... ¡Ser envidiado!...

«¿Mas no es esto —se dijo luego— que me odio, que me envidio a mí mismo?...» Fuese a la puerta, la cerró con llave, miró a todos lados, y al verse solo, arrodillóse, murmurando con lágrimas de las que escaldan en la voz: «Señor, Señor. Tú me dijiste: "Ama a tu prójimo como a ti mismo!" Y yo no amo al prójimo, no puedo amarle, porque no me amo, no sé amarme, no puedo amarme a mí mismo. ¿Qué has hecho de mí, Señor!»

Fue luego a coger la Biblia y la abrió por donde dice: «Y Jehová dijo a Caín: ¿dónde está Abel tu hermano?» Cerró lentamente el libro, murmurando: «¿Y dónde estoy yo?»

Oyó entonces ruido fuera y se apresuró a abrir la puerta.

—¡Papá, papaíto! —exclamó su hija al entrar.

Aquella voz fresca parecía volverle a la luz. Besó a la muchacha, y rozándole el oído con la boca le dijo bajo, muy bajito, para que no le oyera nadie:

—¡Reza por tu padre, hija mía!

—¡Padre!... ¡Padre!... —gimió la muchacha, echándole los brazos al cuello.

Ocultó la cabeza en el hombro de la hija y rompió a llorar.

—¿Qué te pasa, papá? ¿Estás enfermo?

—Sí, estoy enfermo. Pero no quieras saber más.

XXII

Y volvió al Casino. Era inútil resistirlo. Cada día se inventaba a sí mismo un pretexto para ir allá. Y el molino de la «peña» seguía moliendo.

Allí estaba Federico Cuadrado, implacable, que en cuanto oía a uno que elogiaba a otro preguntaba:

—¿Contra quién va ese elogio? Porque a mí —decía con su vocecita fría y cortante— no me la dan con queso; cuando se elogia mucho a uno, se tiene presente a otro, al que se trata de rebajar con ese elogio; a un rival del elogiado. Eso cuando no se le elogia con mala intención, por ensañarse en él. Nadie elogia con buena intención.

—Hombre —le replicaba León Gómez, que se gozaba en dar cuerda al cínico Cuadrado—, ahí tienes a don Leovigildo, al cual nadie le ha oído todavía hablar mal de otro...

—Bueno —intercalaba un diputado provincial—, es que don Leovigildo es un político y los políticos deben estar a bien con todo el mundo. ¿Qué dices, Federico?

—Digo que don Leovigildo se morirá sin haber hablado mal ni pensado bien de nadie... El no dará acaso ni el más ligero empujoncito para que otro caiga, ni aunque no se lo vean, porque no sólo teme al código penal, sino también al infierno; pero si el otro cae y se rompe la crisma, se alegrará hasta los tuétanos. Y para gozarse en la rotura de la crisma del otro, será el primero que irá a condolerse de su desgracia y darle el pésame.

—Yo no sé cómo se puede vivir sintiendo así —dijo Joaquín.

—¿Sintiendo cómo? —le arguyó al punto Federico—.

¿Como siente don Leovigildo, como siento yo y como
sientes tú?

—¡De mí nadie ha hablado! —y esto lo dijo con acre
displicencia.

—Pero hablo yo, hijo mío, porque aquí todos nos co-
nocemos...

Joaquín se sintió palidecer. Le llegaba como un puñal
de hielo hasta las entrañas de su voluntad aquel *¡hijo mío!*
que prodigaba Federico, su demonio de la guarda, cuando echaba la garra sobre alguien.

—No sé por qué le tienes esa tirria a don Leovigildo
—añadió Joaquín, arrepintiéndose de haberlo dicho apenas lo dijera, pues sintió que estaba atizando la mala
lumbre.

—¿Tirria? ¿Tirria yo? ¿Y a don Leovigildo?

—Sí, no sé qué mal te ha hecho...

—En primer lugar, hijo mío, no hace falta que le hayan hecho a uno mal alguno para tenerle tirria. Cuando
se le tiene a uno tirria, es fácil inventar ese mal, es decir,
figurarse uno que se lo han hecho... Y yo no le tengo a
don Leovigildo más tirria que a otro cualquiera. Es un
hombre y basta. ¡Y un hombre honrado!

—Como tú eres un misántropo profesional... —empezó el diputado provincial.

—El hombre es el bicho más podrido y más indecente,
ya os lo he dicho cien veces. Y el hombre honrado es el
peor de los hombres.

—Anda, anda, ¿Qué dices a eso tú, que hablabas el
otro día del político honrado refiriéndote a don Leovigildo? —le dijo León Gómez al diputado.

—¡Político honrado! —saltó Federico—. ¡Eso sí
que no!

—¿Y por qué? —preguntaron tres a coro.

—¿Que por qué? Porque lo ha dicho él mismo. Porque tuvo en un discurso la avilantez de llamarse a sí mis-

mo honrado. No es honrado declararse tal. Dice el Evan-
gelio que Cristo Nuestro Señor...

—¡No mientes a Cristo, te lo suplico! —le interrumpió Joaquín.

—Qué, ¿te duele también Cristo, hijo mío?

Hubo un breve silencio, oscuro y frío.

—Dijo Cristo Nuestro Señor —recalcó Federico— que
no le llamaran bueno, que bueno era sólo Dios. ¡Y hay
cochinos cristianos que se atreven a llamarse a sí mismo
honrados!

—Es que honrado no es precisamente bueno —inter-
caló don Vicente, el magistrado.

—Ahora lo ha dicho usted, don Vicente. ¡Y gracias a
Dios que le oigo a un magistrado alguna sentencia razonable y justa!

—De modo —dijo Joaquín— que uno no debe confesarse honrado. ¿Y pillo?

—No hace falta.

—Lo que quiere el señor Cuadrado —dijo don Vicente, el magistrado— es que los hombres se confiesen be-
llacos y sigan siéndolo. ¿No es eso?

—¡Bravo! —exclamó el diputado provincial.

—Le diré a usted, hijo mío —contestó Federico, pensando la respuesta—. Usted debe saber cuál es la exce-
lencia del sacramento de la confesión en nuestra sapien-
tísima Madre Iglesia...

—Alguna otra barbaridad —interrumpió el magistrado.

—Barbaridad, no, sino muy sabia institución. La confesión sirve para pecar más tranquilamente, pues ya sabe
uno que le ha de ser perdonado su pecado. ¿No es así,
Joaquín?

—Hombre, si uno no se arrepiente...

—Sí, hijo mío, sí. Si uno se arrepiente, pero vuelve a
pecar y vuelve a arrepentirse, y sabe cuando peca que se

arrepentirá, y sabe cuando se arrepiente que volverá a pecar, y acaba por pecar y arrepentirse a la vez; ¿no es así?

—El hombre es un misterio —dijo León Gómez.

—¡Hombre, no digas sandeces! —le replicó Federico.

—Sandez, ¿por qué?

—Toda sentencia filosófica, así, todo axioma, toda preposición general y solemne, enunciada aforísticamente, es una sandez.

—¿Y la filosofía entonces?

—No hay más filosofía que ésta, la que hacemos aquí...

—Sí, desollar al prójimo.

—Exacto. Nunca está mejor que desollado.

Al levantarse la tertulia, Federico se acercó a Joaquín a preguntarle si se iba a su casa, pues gustaría de acompañarle un rato, y al decirle éste que no, que iba a hacer una visita allí al lado, aquél le dijo:

—Si, te comprendo; eso de la visita es un achaque. Lo que tú quieres es verte solo. Lo comprendo.

—¿Y por qué lo comprendes?

—Nunca se está mejor que solo. Pero cuando te pese la soledad, acude a mí. Nadie te distraerá mejor de tus penas.

—¿Y las tuyas? —le espetó Joaquín.

—¡Bah! ¡Quién piensa en eso!...

Y se separaron.

XXIII

Andaba por la ciudad un pobre hombre necesitado, aragonés, padre de cinco hijos y que se ganaba la vida como podía, de escribiente y a lo que saliera. El pobre acudía con frecuencia a conocidos y amigos, si es que un hombre así los tiene, pidiéndoles con mil pretextos que le anticiparan dos o tres duros. Y lo que era más triste, mandaba a alguno de sus hijos, y alguna vez a su mujer, a las casas de los conocidos con cartitas de petición. Joaquín le había socorrido algunas veces, sobre todo cuando le llamaba a que viese, como médico, a personas de su familia. Y hallaba un singular alivio en socorrer a aquel pobre hombre. Adivinaba en él una víctima de la maldad humana.

Preguntóle una vez por él a Abel.

—Sí, le conozco —le dijo éste—, y hasta le tuve algún tiempo empleado. Pero es un haragán, un vago. Con el pretexto de que tiene que ahogar sus penas, no deja de ir ningún día al café, aunque en su casa no se encienda la cocina. Y no le faltará su cajetilla de cigarrillos. Tiene que convertir sus pesares en humo.

—Eso no es decir nada, Abel. Habría que ver el caso por dentro...

—Mira, déjate de garambainas. Y por lo que no paso es por la mentira esa de pedirme prestado y lo de «se lo devolveré en cuanto pueda»... Que pida limosna, y al avío. Es más claro y más noble. La última vez me pidió tres duros adelantados, y le di tres pesetas, pero diciéndole: «¡Y sin devolución!» ¡Es un haragán!

—¿Y qué culpa tiene él?

—Vamos, sí, ya salió aquello, qué culpa tiene...

—¡Pues claro! ¿De quién son las culpas?

—Bueno, mira, dejémonos de esas cosas. Y si quieres socorrerle, socórrele, que yo no me opongo. Y yo mismo estoy seguro de que si me vuelve a pedir, le daré.

—Eso ya lo sabía yo, porque en el fondo, tú...

—No nos metamos al fondo. Soy pintor y no pinto los fondos de las personas. Es más, estoy convencido de que todo hombre lleva fuera todo lo que tiene dentro.

—Vamos, sí que para ti un hombre no es más que un modelo...

—¿Te parece poco? Y para ti, un enfermo. Porque tú

eres el que les andas mirando y auscultando a los hombres por dentro...

—Mediano oficio...

—¿Por qué?

—Porque acostumbrado uno a mirar a los demás por dentro, da en ponerse a mirarse a sí mismo, a auscultarse.

—Ve ahí una ventaja. Yo con mirarme al espejo tengo bastante...

—¿Y te has mirado de veras alguna vez?

—¡Naturalmente! Pues ¿no sabes que me he hecho un autorretrato?

—Que será una obra maestra...

—Hombre, no está del todo mal... Y tú, ¿te has registrado por dentro bien?

Al día siguiente de esta conversación, Joaquín salió del Casino con Federico para preguntarle si conocía a aquel pobre hombre que andaba así pidiendo de manera vergonzante.

—Y dime la verdad, ¿eh?, que estamos solos; nada de tus ferocidades.

—Pues mira, ése es un pobre diablo que debía estar en la cárcel, donde por lo menos comería mejor que come y viviría más tranquilo.

—Pues ¿qué ha hecho?

—No, no ha hecho nada; debió hacer, y por eso digo que debería estar en la cárcel.

—¿Y qué es lo que debió haber hecho?

—Matar a su hermano.

—¡Ya empiezas!

—Te lo explicaré. Ese pobre hombre es, como sabes, aragonés, y allá en su tierra aún subsiste la absoluta libertad de testar. Tuvo la desgracia de nacer el primero a su padre, de ser el mayorazgo, y luego tuvo la desgracia de enamorarse de una muchacha pobre, guapa, y honrada, según parecía. El padre se opuso con todas sus fuer-

zas a esas relaciones, amenazándole con desheredarle si
llegaba a casarse con ella. Y él, ciego de amor, compro-
metió primero gravemente a la muchacha, pensando convencer así al padre, y acaso por casarse con ella y por salir de casa. Y siguió en el pueblo, trabajando como podía
en casa de sus suegros, y esperando convencer y ablan-
dar a su padre. Y éste, buen aragonés, tesa que tesa. Y
murió desheredándole al pobre diablo y dejando su hacienda al hijo segundo, una hacienda regular. Y muertos
poco después los suegros del hoy aquí sablista, acudió
éste a su hermano pidiéndole amparo y trabajo, y su hermano se los negó, y por no matarle, que es lo que le pedía el coraje, se ha venido acá a vivir de limosna y del sable. Esta es la historia, como ves, muy edificante.

—¡Y tan edificante!

—Si le hubiera matado a su hermano, a esa especie de
Jacob, mal, muy mal, y no habiéndole matado, mal, muy
mal también... Acaso peor.

—No digas eso, Federico.

—Sí, porque no sólo vive, miserable y vergonzosamen-
te, del sable, sino que vive odiando a su hermano.

—¿Y si le hubiese matado?

—Entonces se le habría curado el odio, y hoy, arre-
pentido de su crimen, querría su memoria. La acción li-
bra del mal sentimiento, y es el mal sentimiento el que
envenena el alma. Créemelo, Joaquín, que lo sé muy bien.

Miróle Joaquín a la mirada fijamente y le espetó un:

—¿Y tú?

—¿Yo? No quieras saber, hijo mío, lo que no te importa. Bástete saber que todo mi cinismo es defensivo.
Yo no soy hijo del que todos vosotros tenéis por mi padre; yo soy hijo adulterino y a nadie odio en este mundo
más que a mi propio padre, al natural, que ha sido ver-

dugo del otro, del que por vileza y cobardía me dio su nombre, este indecente nombre que llevo.

—Pero padre no es el que engendra; es el que cría...

—Es que ése, el que creéis que me ha criado, no me ha criado, sino que me destetó con el veneno del odio que guarda al otro, al que me hizo y le obligó a casarse con mi madre.

XXIV

Concluyó la carrera el hijo de Abel, Abelín, y acudió su padre a su amigo por si quería tomarle de ayudante para que a su lado practicase. Lo aceptó Joaquín.

«Le admití —escribía más tarde en su *Confesión*, dedicada a su hija— por una extraña mezcla de curiosidad, de aborrecimiento a su padre, de afecto al muchacho, que me parecía entonces una medianía, y por deseo de libertarme así de mi mala pasión a la vez que, por más debajo de mi alma, mi demonio me decía que con el fracaso del hijo me vengaría del encumbramiento del padre. Quería por un lado, con el cariño al hijo, redimirme del odio al padre, y por otro lado, me regodeaba esperando que si Abel Sánchez triunfó en la Pintura, otro Abel Sánchez de su sangre marraría en la Medicina. Nunca pude figurarme entonces cuán hondo cariño cobraría luego al hijo del que me amargaba y entenebrecía la vida del corazón.»

Y así fue que Joaquín y el hijo de Abel sintiéronse atraídos el uno al otro. Era Abelín rápido de comprensión y se interesaba por las enseñanzas de Joaquín, a quien empezó llamando maestro. Este su maestro se propuso hacer de él un buen médico y confiarle el tesoro de su experiencia clínica. «Le guiaré —se decía— a descubrir las cosas que esta maldita inquietud de mi ánimo me ha impedido descubrir a mí.»

—Maestro —le preguntó un día Abelín—, ¿por qué no recoge usted todas esas observaciones dispersas, todas esas notas y apuntes que me ha enseñado y escribe un libro? Sería interesantísimo y de mucha enseñanza. Hay cosas hasta geniales, de una extraordinaria sagacidad científica.

—Pues mira, hijo (que así solía llamarle) —le respondió— yo no puedo, no puedo... No tengo humor para ello, me faltan ganas, coraje, serenidad, no sé qué...

—Todo sería ponerse a ello...

—Sí, hijo, sí, todo sería ponerse a ello, pero cuantas veces lo he pensado no he llegado a decidirme. ¡Ponerme a escribir un libro..., y en España..., y sobre Medicina... No vale la pena. Caería en el vacío...

—No, el de usted, no, maestro, se lo respondo.

—Lo que yo debía haber hecho es lo que tú has de hacer: dejar esta insoportable clientela y dedicarte a la investigación pura, a la verdadera ciencia, a la fisiología, a la histología, a la patología y no a los enfermos de pago. Tú que tienes alguna fortuna, pues los cuadros de tu padre han debido dártela, dedícate a eso.

—Acaso tenga usted razón, maestro; pero ello no quita para que usted deba publicar sus memorias de clínico.

—Mira, si quieres, hagamos una cosa. Yo te doy mis notas todas, te las amplío de palabra, te digo cuanto me preguntes y publica tú el libro. ¿Te parece?

—De perlas, maestro. Yo vengo apuntando desde que le ayudo todo lo que oigo y todo lo que a su lado aprendo.

—¡Muy bien, hijo, muy bien! —y le abrazó conmovido.

Y luego se decía Joaquín:«¡Este, éste será mi obra! Mío y no de su padre. Acabará venerándome y comprendiendo que yo valgo mucho más que su padre y que hay en mi práctica de la Medicina mucha más arte que en la pintura de su padre. Y al cabo se lo quitaré, sí ¡se lo quitaré!

El me quitó a Helena, yo les quitaré el hijo. Que será mío, ¿y quién sabe?... acaso concluya renegando de su padre, cuando le conozca y sepa lo que me hizo.»

XXV

—Pero dime —le preguntó un día Joaquín a su discípulo—, ¿cómo se te ocurrió estudiar Medicina?

—No lo sé...

—Porque lo natural es que hubieses sentido inclinación a la pintura. Los muchachos se sienten llamados a la profesión de sus padres; es el espíritu de imitación..., el ambiente...

—Nunca me ha interesado la pintura, maestro.

—Lo sé, lo sé por tu padre, hijo.

—Y la de mi padre menos.

—Hombre, hombre, y ¿cómo así?

—No la siento y no sé si la siente él...

—Eso es más grave. A ver, explícate.

—Estamos solos; nadie nos oye; usted, maestro, es como si fuera mi segundo padre..., segundo... Bueno. Además usted es el más antiguo amigo suyo, le he oído decir que de siempre, de toda la vida, de antes de tener uso de razón, que son como hermanos...

—Sí, sí, así es; Abel y yo somos como hermanos... Sigue.

—Pues bien, quiero abrirle hoy mi corazón, maestro.

—Abremelo. Lo que me digas caerá en él como en el vacío, ¡nadie lo sabrá!

—Pues sí, dudo que mi padre sienta la pintura ni nada. Pinta como una máquina, es un don natural, ¿pero sentir?

—Siempre he creído eso.

—Pues fue usted, maestro, quien, según dicen, hizo la

mayor fama de mi padre con aquel famoso discurso de
que aún se habla...

—¿Y qué iba yo a decir?

—Algo así me pasa. Pero mi padre no siente la pintura
ni nada. Es de corcho, maestro, de corcho...

—No tanto, hijo.

—Sí, de corcho. No vive más que para su gloria. Todo
eso de que la desprecia es farsa, farsa, farsa. No busca
más que el aplauso. Y es un egoísta, un perfecto egoísta.
No quiere a nadie.

—Hombre, a nadie...

—¡A nadie, maestro, a nadie! Ni sé cómo se casó con
mi madre. Dudo que fuera por amor.

Joaquín palideció.

—Sé —prosiguió el hijo— que ha tenido enredos y líos
con algunas modelos; pero eso no es más que capricho y
algo de jactancia. No quiere a nadie.

—Pero me parece que eres tú quien debieras...

—A mí nunca me ha hecho caso. A mí me ha mante-
nido, ha pagado mi educación y mis estudios, no me ha
escatimado ni me escatima su dinero, pero yo apenas si
existo para él. Cuando alguna vez le he preguntado algo,
de historia, de arte, de técnica, de pintura o de sus viajes
o de otra cosa, me ha dicho: «Déjame, déjame en paz»,
y una vez llegó a decirme: «¡Apréndelo, como lo he
aprendido yo!, ahí tienes los libros.» ¡Qué diferencia con
usted, maestro!

—Sería que no lo sabía, hijo. Porque mira, los padres
quedan a las veces mal con sus hijos por no confesarse
más ignorantes o más torpes que ellos.

—No era eso. Y hay algo peor.

—¿Peor? ¡A ver!

—Peor, sí. Jamás me ha reprendido, haya hecho yo lo
que hiciera. No soy, no he sido nunca un calavera, un di-
soluto, pero todos los jóvenes tenemos nuestras caídas,

nuestros tropiezos. Pues bien, jamás los ha inquirido, y si por acaso los sabía nada me ha dicho.

—Eso es respeto a tu personalidad, confianza en ti... Es acaso la manera más generosa y noble de educar a un hijo, es fiarse...

—No, no es nada de eso, maestro. Es sencillamente indiferencia.

—No, no, no exageres, no es eso... ¿Qué te iba a decir que tú no te lo dijeras? Un padre no puede ser un juez...

—Pero sí un compañero, un consejero, un amigo o un maestro como usted.

—Pero hay cosas que el pudor impide se traten entre padres e hijos.

—Es natural que usted, su mayor y más antiguo amigo, su casi hermano, lo defienda aunque...

—Aunque ¿qué?

—¿Puedo decirlo todo?

—¡Sí, dilo todo!

—Pues bien, de usted no he oído nunca hablar sino muy bien, demasiado bien, pero...

—Pero ¿qué?

—Que habla demasiado bien de usted.

—¿Qué es eso de demasiado?

—Que antes de conocerle yo a usted, maestro, le creía otro.

—Explícate.

—Para mi padre es usted una especie de personaje trágico, de ánimo torturado de hondas pasiones. «¡Si se pudiera pintar el alma de Joaquín!», suele decir. Habla de un modo como si mediase entre usted y él algún secreto...

—Aprensiones tuyas.

—No, no lo son.

—¿Y tu madre?

—Mi madre...

XXVI

—Mira, Joaquín —le dijo un día Antonia a su marido—, me parece que el mejor día nuestra hija se nos va o nos la llevan...

—¿Joaquina? ¿Y adónde?

—¡Al convento!

—¡Imposible!

—No, sino muy posible. Tú, distraído con tus cosas y ahora con ese hijo de Abel al que pareces haber prohijado..., cualquiera diría que le quieres más que a tu hija...

—Es que trato de salvarle, de redimirle de los suyos...

—No; de lo que tratas es de vengarte. ¡Qué vengativo eres! ¡Ni olvidas ni perdonas! Temo que Dios te va a castigar, va a castigarnos...

—Ah, ¿y es por eso por lo que Joaquina se quiere ir al convento?

—Yo no he dicho eso.

—Pero lo digo yo y es lo mismo. ¿Se va acaso por celos de Abelín? ¿Es que teme que le llegue a querer más que a ella? Pues si es por eso...

—Por eso no.

—¿Entonces?

—¡Qué sé yo! Dice que tiene vocación, que es adonde Dios la llama...

—Dios... Dios... Será su confesor. ¿Quién es?

—El padre Echevarría.

—¿El que me confesaba a mí?

—¡El mismo!

Quedóse Joaquín mustio y cabizbajo, y al día siguiente, llamando a solas a su mujer, le dijo:

—Creo haber penetrado en los motivos que empujan a Joaquina al claustro, o mejor, en los motivos porque le induce el padre Echevarría a que entre en él. Tú recuerdas cómo busqué refugio y socorro en la iglesia contra esta maldita obsesión que me embarga el ánimo todo, contra este despecho que con los años se hace más viejo, es decir, más duro y más terco, y cómo, después de los mayores esfuerzos, no pude lograrlo. No, no me dio remedio el padre Echevarría, no pudo dármelo. Para este mal no hay más que un remedio, uno solo.

Callóse un momento como esperando una pregunta de su mujer, y como ella callara, prosiguió diciéndole:

—Para ese mal no hay más remedio que la muerte. Quién sabe... Acaso nací con él y con él moriré. Pues bien, ese padrecito que no pudo remediarme ni reducirme, empuja ahora, sin duda, a mi hija, a tu hija, a nuestra hija, al convento, para que en él ruegue por mí, para que se sacrifique salvándome...

—Pero si no es sacrificio...Si dice que es su vocación...

—Mentira, Antonia; te digo que eso es mentira. Las más de las que van monjas, o van a trabajar poco, a pasar una vida pobre, pero descansada, a sestear místicamente o van huyendo de casa, y nuestra hija huye de casa, huye de nosotros.

—Será de ti...

—¡Sí, huye de mí! ¡Me ha adivinado!

—Y ahora que le has cobrado ese apego a ese...

—¿Quieres decirme que huye de él?

—No, sino de tu nuevo capricho...

—¿Capricho?, ¿capricho dices? Yo seré todo menos caprichoso, Antonia. Yo tomo todo en serio, todo, ¿lo entiendes?

—Sí, demasiado en serio —agregó la mujer llorando.

—Vamos, no llores así, Antonia, mi santa, mi ángel bueno, y perdóname si he dicho algo...

—No es peor lo que dices, sino lo que callas.

—¡Pero, por Dios, Antonia, por Dios, haz que nuestra hija no nos deje; que si se va al convento, me mata, sí, me mata, porque me mata! Que se quede, que yo haré

lo que ella quiera... que si quiere que le despache a Abelín, le despacharé...

—Me acuerdo cuando decías que te alegrabas de que
no tuviéramos más que una hija, porque así no tendría-
mos que repartir el cariño...

—¡Pero si no lo reparto!

—Algo peor entonces...

—Sí, Antonia, esa hija quiere sacrificarse por mí, y no
sabe que si se va al convento me deja desesperado ¡Su
convento es esta casa!

XXVII

Dos días después encerrábase en el gabinete Joaquín
con su mujer y su hija.

—¡Papá, Dios lo quiere! —exclamó resueltamente y
mirándole cara a cara su hija Joaquina.

—¡Pues no! No es Dios quien lo quiere, sino el padrecito ese —replicó él—. ¿Qué sabes tú, mocosuela, lo que
quiere Dios? ¿Cuándo te has comunicado con El?

—Comulgo cada semana, papá.

—Y se te antojan revelaciones de Dios los desvaneci-
mientos que te suben del estómago en ayunas.

—Peores son los del corazón en ayunas.

—No, no, eso no puede ser; eso no lo quiere Dios, no
puede quererlo, ¡te digo que no lo puede querer!

—Yo no sé lo que Dios quiere, y tú padre, sabes lo
que no puede querer, ¿eh? De cosas del cuerpo sabrás
mucho, pero de cosas de Dios, del alma...

—Del alma, ¿eh? ¿Conque tú crees que no sé del alma?

—Acaso lo que mejor te sería no saber.

—¿Me acusas?

—No; eres tú, papá, quien se acusa a sí mismo.

—¿Lo ves, Antonia, lo ves?, ¿no te lo decía?

—¿Y qué te decía, mamá?

—Nada, hija mía, nada; aprensiones, cavilaciones de tu padre...

—Pues bueno —exclamó Joaquín como quien se decide—, tú vas al convento para salvarme, ¿no es eso?

—Acaso no andes lejos de la verdad.

—¿Y salvarme de qué?

—No lo sé bien.

—¡Lo sabré yo!... ¿De qué? ¿De quién?

—¿De quién, padre, de quién? Pues del demonio o de ti mismo.

—¿Y tú qué sabes?

—Por Dios, Joaquín, por Dios —suplicó la madre con lágrimas en la voz, llena de miedo ante la mirada y el tono de su marido.

—Déjanos, mujer, déjanos; déjanos a ella y a mí. ¡Esto no te toca!

—¿Pues no ha de tocarme? Pero si es mi hija...

—¡La mía! Déjanos, ella es una Monegro, yo soy un Monegro; déjanos. Tú no entiendes, tú no puedes entender estas cosas...

—¿Pero tú crees, hija mía?...

—Lo que yo creo y sé es que soy tan hija suya como tuya.

—¿Tanto?

—Acaso más.

—No digáis esas cosas, por Dios —exclamó la madre llorando— si no me voy.

—Sería lo mejor —añadió la hija—. A solas nos veríamos mejor las caras, digo, las almas, nosotros, los Monegros.

La madre besó a la hija y se salió.

—Y bueno —dijo fríamente el padre, así que se vio a

solas con su hija—, ¿para salvarme de qué o de quién te vas al convento?

—Pues bien, padre, no sé de quién, no sé de qué, pero hay que salvarte. Yo no sé lo que anda por dentro de esta casa, entre tú y mi madre, no sé lo que anda dentro de ti, pero es algo malo...

—¿Eso te ha dicho el padrecito ese?

—No, no me lo ha dicho el padrecito; no ha tenido que decírmelo; no me lo ha dicho nadie, sino que lo he respirado desde que nací. Aquí, en esta casa, se vive como en tinieblas espirituales.

—¡Bah!, ésas son cosas que has leído en tus libros...

—Como tú has leído otras en los tuyos. ¿O es que crees que sólo los libros que hablan de lo que hay dentro del cuerpo, esos libros tuyos con esas láminas feas, son los que enseñan la verdad?

—Y bien, esas tinieblas espirituales que dices, ¿que son?

—Tú lo sabrás mejor que yo, papá; pero no me niegues que aquí pasa algo, que aquí hay, como si fuese una niebla oscura, una tristeza que se mete por todas partes, que tú no estás contento nunca, que sufres, que es como si llevases a cuestas una culpa grande...

—Sí, el pecado original —dijo Joaquín con sorna.

—¡Ese, ése! —exclamó la hija—. ¡Ese, del que no te has sanado!

—¡Pues me bautizaron!...

—No importa.

—Y como remedio para esto vas a meterte monja, ¿no es eso? Pues lo primero era averiguar qué es ello, a qué se debe todo esto...

—Dios me libre, papá, de tal cosa. Nada de querer juzgarnos.

—Pero de condenarme, sí, ¿no es eso?

—¿Condenarte?

—Sí, condenarme; eso de irte así es condenarme...

—¿Y si me fuese con un marido? ¿Si te dejara por un hombre?...

—Según el hombre.

Hubo un breve silencio.

—Pues sí, hija mía —reanudó Joaquín, yo no estoy bien, yo sufro, sufro casi toda mi vida; hay mucho de verdad en lo que has adivinado; pero con tu resolución de meterte monja me acabas de matar, exacerbas y enconas mis males. Ten compasión de tu padre, de tu pobre padre...

—Es por compasión...

—No, es por egoísmo. Tú huyes; me ves sufrir y huyes. Es el egoísmo, es el despego, es el desamor lo que te lleva al claustro. Figúrate que yo tuviese una enfermedad pegajosa y larga, una lepra; ¿me dejarías yendo al convento a rogar por Dios que me sanara? Vamos, contesta, ¿me dejarías?

—No, no te dejaría, pues soy tu única hija.

—Pues haz cuenta que soy un leproso. Quédate a curarme, me pondré bajo tu cuidado, haré lo que me mandes.

—Si es así...

Levantóse el padre, y mirando a su hija a través de lágrimas, abrazóla, y teniéndola así, en sus brazos, con voz de susurro, le dijo al oído:

—¿Quieres curarme, hija mía?

—Sí, papá.

—Pues cásate con Abelín.

—¿Eh? —exclamó Joaquina, separándose de su padre y mirándole cara a cara.

—¿Qué? ¿Qué te sorprende? —balbuceó el padre, sorprendido a la vez.

—¿Casarme? ¿Yo? ¿Con Abelín? ¿Con el hijo de tu enemigo?

—¿Quién te ha dicho eso?

—Tu silencio de años.

—Pues por eso, por ser hijo del que llamas mi enemigo.

—Yo no sé lo que hay entre vosotros, no quiero saberlo, pero al verte últimamente cómo te aficionabas a su hijo, me dio miedo..., temí..., no sé lo que temí. Ese tu cariño a Abelín me parecía monstruoso, algo infernal...

—¡Pues no, hija, no! Buscaba en él redención. Y créeme, si logras traerle a mi casa, si le haces mi hijo, será como si sale al fin el sol en mi alma...

—¿Pero pretendes tú, tú, mi padre, que yo le solicite, le busque?

—No digo eso.

—¿Pues entonces?

—¿Y si él...?

—¡Ah!, pero ¿lo teníais ya tramado entre los dos, y sin contar conmigo?

—No, no lo tenía pensado yo, yo, tu padre, tu pobre padre, yo...

—Me das pena, padre.

—También yo me doy pena. Y ahora todo corre de mi cuenta. ¿No pensabas sacrificarte por mí?

—Pues bien, sí me sacrificaré por ti. ¡Dispón de mí!

Fue el padre a besarla, y ella, desasiéndosele, exclamó:

—¡No, ahora no! Cuando lo merezcas. ¿O es que quieres que también yo te haga callar con besos?

—¿Dónde has aprendido eso, hija?

—Las paredes oyen, papá.

—¡Y acusan!

XXVIII

—¡Quién fuera usted, don Joaquín! —decíale un día a
éste aquel pobre desheredado aragonés, el padre de los
cinco hijos, luego que le hubo sacado algún dinero.

—¿Querer ser yo? ¡No lo comprendo!

—Pues sí, lo daría todo por poder ser usted, don Joaquín.

—¿Y qué es eso todo que daría usted?

—Todo lo que puedo dar, todo lo que tengo.

—¿Y qué es ello?

—¡La vida!

—¡La vida por ser yo! —y a sí mismo se añadió Joaquín: «¡Pues yo la daría por poder ser otro!»

—Sí, la vida por ser usted.

—He ahí una cosa que no comprendo bien, amigo mío;
no comprendo que nadie se disponga a dar la vida por poder ser otro, ni siquiera comprendo que nadie quiera ser
otro. Ser otro es dejar de ser uno, de serse el que se es.

—Sin duda.

—Y eso es dejar de existir.

—Sin duda.

—Pero no para ser otro...

—Sin duda.

—¿Entonces...?

—Quiero decir, don Joaquín, que de buena gana dejaría de ser, o dicho más claro, me pegaría un tiro o me
echaría al río si supiera que los míos, los que me atan a
esta vida perra, los que no me dejan suicidarme, habrían
de encontrar un padre en usted. ¿No comprende usted
ahora?

—Sí que lo comprendo. De modo que...

—Que maldito el apego que tengo a la vida y que de
buena gana me separaría de mí mismo y mataría para

siempre mis recuerdos si no fuese por los míos. Aunque
también me retiene otra cosa.

—¿Qué?

—El temor de que mis recuerdos, de que mi historia
me acompañen más allá de la muerte. ¡Quién fuera usted, don Joaquín!

—¿Y si a mí me retuvieran en la vida, amigo mío, motivos como los de usted?

—¡Bah!, usted es rico.

—Rico..., rico...

—Y un rico nunca tiene motivo de queja. A usted no
le falta nada. Mujer, hija, una buena clientela, reputación... ¿Qué más quiere usted? A usted no le desheredó
su padre; a usted no le echó de su casa su hermano a pedir... ¡A usted no le han obligado a hacerse un mendigo!
¡Quién fuera usted don Joaquín!

Y al quedarse luego éste solo se decía: «¡Quién fuera
yo! ¡Ese hombre me envidia, me envidia! ¿Y yo quién
quiero ser?»

XXIX

Pocos días después Abelín y Joaquina estaban en relaciones de noviazgo. Y en su *Confesión*, dedicada a su hija,
escribía algo después Joaquín:

«No es posible, hija mía, que te explique cómo llevé a
Abel, tu marido de hoy, a que te solicitase por novia pi-
diéndote relaciones. Tuve que darle a entender que tú es-
tabas enamorada de él o que, por lo menos, te gustaría
que de ti se enamorase sin descubrir lo más mínimo de
aquella nuestra conversación a solas, luego que tu madre
me hizo saber cómo querías entrar por mi causa en un
convento. Veía en ello mi salvación. Sólo uniendo tu suerte a la suerte del hijo único de quien me ha envenenado

la fuente de la vida, sólo mezclando así nuestras sangres, esperaba poder salvarme.

»Pensaba que acaso un día tus hijos, mis nietos, los hijos de su hijo, sus nietos, al heredar nuestras sangres, se encontraran con la guerra dentro, con el odio en sí mismos. Pero ¿no es acaso el odio a sí mismo, a la propia sangre, el único remedio contra el odio a los demás? La Escritura dice que en el seno de Rebeca se peleaban ya Esaú y Jacob. ¡Quién sabe si un día no concebirás tú dos mellizos, el uno con mi sangre y el otro con la suya, y se pelearán y se odiarán ya desde tu seno y antes de salir al aire y a la conciencia! Porque ésta es la tragedia humana, y todo hombre es, como Job, hijo de contradicción.

»Y he temblado al pensar que acaso os junté, no para huir, sino para separar aún más vuestras sangres, para perpetuar un odio. ¡Perdóname! Deliro.

»Pero no son sólo nuestras sangres, la de él y la mía; es también la de ella, la de Helena. ¡La sangre de Helena! Esto es lo que más me turba; esa sangre que le florece en las mejillas, en la frente, en los labios, que le hace marco a la mirada, ¡esa sangre que me cegó desde su carne!

»Y queda otra, la sangre de Antonia, de la pobre Antonia, de tu santa madre. Esta sangre es agua de bautismo. Esta sangre es la redentora. Sólo la sangre de tu madre, Joaquina, puede salvar a tus hijos, a nuestros nietos. Esa es la sangre sin mancha que puede redimirlos.

»Y que no vea nunca ella, Antonia, esta *Confesión;* que no la vea. Que se vaya de este mundo, si me sobrevive, sin haber más que vislumbrado nuestro misterio de iniquidad.»

Los novios comprendiéronse muy pronto y se cobraron cariño. En íntimas conversaciones conociéronse sendas víctimas de sus hogares, de dos ámbitos tristes de frívola impasibilidad el uno, de helada pasión oculta el otro.

Buscaron su apoyo en Antonia, en la madre de ella. Tenían que encender un hogar, un verdadero hogar, un nido de amor sereno que vive en sí mismo, que no espía los otros amores, un castillo de soledad amorosa, y unir en él a las dos desgraciadas familias. Le harían ver a Abel, al pintor, que la vida íntima del hogar es la sustancia imperecedera de que no es sino resplandor, cuando no sombra, el arte; a Helena, que la juventud perpetua está en el alma que sabe hundirse en la corriente viva del linaje, en el alma de la familia; a Joaquín, que nuestro nombre se pierde con nuestra sangre, pero para recobrarse en los nombres y en las sangres de los que las mezclan a los nuestros; a Antonia no tenían que hacerle ver nada, porque era una mujer nacida para vivir y revivir en la dulzura de la costumbre.

Joaquín sentía renacerse. Hablaba con emoción de cariño de su antiguo amigo, de Abel y llegó a confesar que fue una fortuna que le quitase toda esperanza respecto a Helena.

—Pues bien —le decía una vez a solas a su hija—; ahora que todo parece tomar otro cauce, te lo diré. Yo quería a Helena, o por lo menos creía quererla, y la solicité sin conseguir nada de ella. Porque, eso sí, la verdad, jamás me dio la menor esperanza. Y entonces la presenté a Abel, al que será tu suegro..., tu otro padre, y al punto se entendieron. Lo que tomé por un menosprecio, una ofensa... ¿Qué derecho tenía yo a ella?

—Es verdad eso, pero así sois los hombres.

—Tienes razón, hija mía, tienes razón. He vivido como loco, rumiando esa que estimaba una ofensa, una traición...

—¿Nada más, papá?

—¿Cómo nada más?

—¿No había nada más que eso, nada más?

—¡Que yo sepa..., no!

Y al decirlo, el pobre hombre se cerraba los ojos hacia dentro y no lograba contener al corazón.

—Ahora os casaréis —continuó— y viviréis conmigo, sí, viviréis conmigo, y haré de tu marido, de mi nuevo hijo, un gran médico, un artista de la Medicina, todo un artista, que pueda igualar siquiera la gloria de su padre.

—Y él escribirá, papá, tu obra, pues así me lo ha dicho.

—Sí, la que yo no he podido escribir...

—Me ha dicho que en tu carrera, en la práctica de la Medicina, tienes cosas geniales y que has hecho descubrimientos...

—Aduladores...

—No, así me ha dicho. Y que como no se te conoce, y al no conocerte no se te estima en todo lo que vales, que quiere escribir ese libro para darte a conocer.

—A buena hora...

—Nunca es tarde si la dicha es buena.

—¡Ay, hija mía, si en vez de haberme somormujado en esto de la clientela, en esta maldita práctica de la profesión, que ni deja respirar libre ni aprender..., si en vez de eso me hubiese dedicado a la ciencia pura, a la investigación...! Eso que ha descubierto el doctor Alvarez y García, y por lo que tanto le bombean, lo habría descubierto antes yo, yo, tu padre, yo lo habría descubierto, pues estuve a punto de ello. Por esto de ponerse a trabajar para ganarse la vida...

—Sin embargo, no necesitábamos de ello.

—Sí, pero... Y además, qué sé yo... Mas todo eso ha pasado y ahora comienza vida nueva. Ahora voy a dejar la clientela...

—¿De veras?

—Sí, voy a dejársela al que va a ser tu marido, bajo mi alta inspección, por supuesto. Lo guiaré, y yo a mis cosas. Y viviremos todos juntos, y será otra vida..., otra vida... Empezaré a vivir, seré otro..., otro..., otro...

—¡Ay, papá, qué gusto! ¡Cómo me alegra oírte hablar así! ¡Al cabo!...

—¿Que te alegra oírme decir que seré otro?

La hija le miró a los ojos al oír el tono de lo que había debajo de su voz.

—¿Te alegra oírme decir que seré otro? —volvió a preguntar el padre.

—¡Sí, papá, me alegra!

—Es decir, ¿que el otro, que el otro, el que soy, te parece mal?

—¿Y a ti, papá? —le preguntó a su vez, resueltamente, la hija.

—Tápame la boca —gimió él.

Y se la tapó con un beso.

XXX

—Ya te figurarás a lo que vengo —le dijo Abel a Joaquín apenas se encontraron a solas en el despacho de éste.

—Sí, lo sé. Tu hijo me ha anunciado tu visita.

—Mi hijo, y pronto tuyo, de los dos. ¡Y no sabes bien cuánto me alegro! Es como debía acabar nuestra amistad. Y mi hijo es ya casi tuyo; te quiere ya como a padre, no sólo como a maestro. Estoy por decir que te quiere más que a mí...

—Hombre..., no..., no..., no digas así.

—¿Y qué? ¿Crees que tengo celos? No, no soy celoso. Y mira, Joaquín, si entre nosotros había algo...

—No sigas por ahí, Abel, te lo ruego, no sigas...

—Es preciso. Ahora que van a unirse nuestras sangres, ahora que mi hijo va a serlo tuyo y mía tu hija, tenemos que hablar de esa vieja cuenta, tenemos que ser absolutamente sinceros.

—¡No, no, de ningún modo, y si hablas de ella, me voy!

—¡Bien, sea! Pero no creas que olvido, no lo olvidaré nunca, tu discurso aquel cuando lo del cuadro.

—Tampoco quiero que hables de eso.

—Pues ¿de qué?

—¡Nada de lo pasado, nada! Hablemos sólo del porvenir...

—Pues si tú y yo, a nuestra edad, no hablamos del pasado, ¿de qué vamos a hablar? ¡Si nosotros no tenemos ya más que pasado!

—¡No digas eso! —casi gritó Joaquín.

—¡Nosotros ya no podemos vivir más que de recuerdos!

—¡Cállate, Abel, cállate!

—Y si te he de decir la verdad, vale más vivir de recuerdos que de esperanzas. Al fin, ellos fueron, y de éstas no se sabe si serán.

—¡No, no, recuerdos, no!

—En todo caso, hablemos de nuestros hijos, que son nuestras esperanzas.

—¡Eso sí!

—De ellos y no de nosotros, de ellos, de nuestros hijos...

—El tendrá en ti un maestro y un padre...

—Sí, pienso dejarle mi clientela, es decir, la que quiera tomarlo, que ya la he preparado para eso. Le ayudaré en los casos graves.

—Gracias, gracias...

—Eso, además de la dote que doy a Joaquina. Pero vivirán conmigo.

—Eso me ha dicho mi hijo. Yo, sin embargo, creo que deben poner casa; el casado, casa quiere.

—No, no puedo separarme de mi hija.

—Y nosotros de nuestro hijo, sí, ¿eh?

—Más separados que estáis de él... Un hombre apenas vive en casa; una mujer apenas sale de ella. Necesito a mi hija.

—Sea. Ya ves si soy complaciente.

—Y más que esta casa será la vuestra, la tuya, la de Helena...

—Gracias por la hospitalidad. Eso se entiende.

Después de una larga entrevista en que convinieron todo lo atañedero al establecimiento de sus hijos, al ir a separarse Abel, mirándole a Joaquín a los ojos, con mirada franca, le tendió la mano, y sacando la voz de las entrañas de su común infancia, le dijo:

—¡Joaquín!...

Asomáronsele a éste las lágrimas a los ojos al cojer aquella mano.

—No te había visto llorar desde que fuimos niños, Joaquín.

—No volveremos a serlo, Abel.

—Sí, y es lo peor.

Se separaron.

XXXI

Con el casamiento de su hija pareció entrar el sol, un sol de ocaso de otoño, en el hogar antes frío de Joaquín, y éste empezar a vivir de veras. Fue dejándole al yerno su clientela, aunque acudiendo, como en consulta, en los casos graves y repitiendo que era bajo su dirección como aquél ejercía.

Abelín, con las notas de su suegro, a quien llamaba su padre, tuteándole ya, y con sus ampliaciones y explicaciones verbales iba componiendo la obra en que se recojía la ciencia médica del doctor Joaquín Monegro, y con un acento de veneración admirativa que el mismo Joaquín no habría podido darle. «Era mejor, sí —pensaba éste—; era mucho mejor que escribiese otro aquella obra, como fue Platón quien expuso la doctrina socrática.» No era él mismo quien podía, con toda libertad de ánimo y sin que ello pareciese, no ya presuntuoso, mas un esfuerzo para violentar el aplauso de la posteridad, que se estimaba no conseguible; no era él quien podía exaltar su saber y su pericia. Reservaba su actividad literaria para otros empeños.

Fue entonces, en efecto, cuando empezó a escribir su *Confesión,* que así la llamaba, dedicada a su hija y para que ésta la abriese luego que él hubiese muerto, y que era el relato de su lucha íntima con la pasión que fue su vida, con aquel demonio con quien peleó casi desde el albor de su mente, dueña de sí hasta entonces, hasta cuando lo escribía. Esta confesión se decía dirigida a su hija, pero tan penetrado estaba él del profundo valor trágico de su vida de pasión y de la pasión de su vida, que acariciaba la esperanza de que un día su hija o sus nietos la dieran al mundo, para que éste se sobrecojiera de admiración y de espanto ante aquel héroe de la angustia tenebrosa que pasó sin que le conocieran en todo su fondo los que con él convivieron. Porque Joaquín se creía un espíritu de excepción, y como tal, torturado, y más capaz de dolor que los otros, un alma señalada al nacer por Dios con la señal de los grandes predestinados.

«Mi vida, hija mía —escribía en la *Confesión*—, ha sido un arder continuo, pero no la habría cambiado por la de otro. He odiado como nadie, como ningún otro ha sabido odiar, pero es que he sentido más que los otros la suprema injusticia de los cariños del mundo y de los favores de la fortuna. No, no, aquello que hicieron conmigo los padres de tu marido no fue humano ni noble, fue infame; pero fue peor, mucho peor, lo que me hicieron todos, todos los que encontré desde que, niño aún y lleno de confianza, busqué el apoyo y el amor de mis semejantes. ¿Por qué me rechazaban? ¿Por qué me acojían fríamente y como obligados a ello? ¿Por qué preferían al lijero, al inconstante, al egoísta? Todos, todos me amargaron la vida. Y comprendí que el mundo es naturalmente injusto y que yo no había nacido entre los míos. Esta fue mi desgracia, no haber nacido entre los míos. La baja mezquindad, la vil ramplonería de los que me rodeaban, me perdió.»

Y a la vez que escribía esta *Confesión*, preparaba, por si ésta marrase, otra obra que sería la puerta de entrada de su nombre en el panteón de los ingenios inmortales de su pueblo y casta. Titularíase *Memorias de un médico viejo*, y sería la mies del saber del mundo, de pasiones, de vida, de tristezas y alegrías, hasta de crímenes ocultos, que había cosechado de la práctica de su profesión de médico. Un espejo de la vida, pero de las entrañas, y de las más negras, de ésta; una bajada a las simas de la vileza humana; un libro de alta literatura y de filosofía acibarada a la vez. Allí pondría toda su alma sin hablar de sí mismo; allí, para desnudar las almas de los otros, desnudaría la suya; allí se vengaría del mundo vil en que había tenido que vivir. Y las gentes, al verse así, al desnudo, admirarían primero y quedarían agradecidas después al que las desnudó. Y allí, cambiando los nombres a guisa de ficción, haría el retrato que para siempre habría de quedar de Abel y de Helena. Y su retrato valdría por todos los que Abel pintara. Y se regodeaba a solas pensando que si él acertaba aquel retrato literario de Abel Sánchez, le habría de inmortalizar a éste más que todos sus propios cuadros, cuando los comentaristas y eruditos del porvenir llegasen a descubrir, bajo el débil velo de la ficción, al personaje histórico. «Sí, Abel, sí —se decía Joaquín a sí mismo—; la mayor coyuntura que tienes de lograr eso por lo que tanto has luchado, por lo único que has luchado, por lo único que te preocupa, por lo que me despreciaste siempre o, aún peor, no hiciste caso de mí, la mayor coyuntura que tienes de perpetuarte en la memoria de los venideros, no son tus cuadros, sino es que yo acierte a pintarte con mi pluma tal y como eres. Y acertaré, acertaré porque te conozco, porque te he sufrido, porque has pesado toda mi vida sobre mí. Te pondré para siempre en el rollo, y no serás Abel Sánchez, no, sino el nombre que yo te dé. Y cuando se hable de ti como pintor de tus cuadros, dirán las gentes: «¡Ah, sí, el de Joaquín Monegro!», porque serás de este modo mío, y vivirás lo que mi obra viva, y tu nombre irá por los suelos, por el fango, a rastras del mío, como van arrastrados por el Dante los que colocó en el Infierno. Y serás la cifra del envidioso.»

¡Del envidioso! Pues Joaquín se dio en creer que toda la pasión que bajo su aparente impasibilidad de egoísta animaba a Abel era la envidia, la envidia de él, a Joaquín, que por envidia le arrebatara de mozo el afecto de sus compañeros, que por envidia le quitó a Helena. ¿Y cómo, entonces, se dejó quitar al hijo? «¡Ah! —se decía Joaquín—. Es que él no se cuida de su hijo, sino de su nombre, de su fama; no cree que vivirá en las vidas de sus descendientes de carne, sino en las de los que admiren sus cuadros, y me deja su hijo para mejor quedarse con su gloria. ¡Pero yo le desnudaré!»

Inquietábale la edad a que emprendía la composición de esas *Memorias,* entrado ya en los cincuenta y cinco años, pero ¿no había acaso empezado Cervantes su *Quijote* a los cincuenta y siete de su edad? Y se dio a averiguar qué obras maestras escribieron sus autores después de haber pasado la edad suya. Y a la par se sentía fuerte, dueño de su mente toda, rico de experiencia, maduro de juicio y con su pasión, fermentada en tantos años, contenida, pero bullente.

Ahora, para cumplir su obra, se contendría. ¡Pobre Abel! ¡La que le esperaba!... Y empezó a sentir desprecio y compasión hacia él. Mirábale como a un modelo y como a una víctima, y le observaba y le estudiaba. No mucho, pues Abel iba poco, muy poco, a casa de su hijo.

—Debe de andar muy ocupado tu padre —decía Joaquín a su yerno—; apenas aparece por aquí. ¿Tendrá alguna queja? ¿Le habremos ofendido yo, Antonia o mi hija en algo? Lo sentiría...

—No, no, papá —así le llamaba ya Abelín—, no es nada de eso. En casa tampoco paraba. ¿No te dije que no le importa nada más que sus cosas? Y sus cosas son las de su arte y qué se yo...

—No, hijo, no, exageras... algo más habrá...

—No, no hay más.

Y Joaquín insistía para oír la misma versión.

—Y Abel, ¿cómo no viene? —le preguntaba a Helena.

—¡Bah! El es así con todos —respondía ésta.

Ella, Helena, sí solía ir a casa de su nuera.

XXXII

—Pero, dime —le decía un día Joaquín a su yerno—, ¿cómo no se le ocurrió a tu padre nunca inclinarte a la pintura?

—No me ha gustado nunca.

—No importa; parecía lo natural que él quisiera iniciarte en su arte...

—Pues no, sino que antes más bien le molestaba que yo me interesase en él. Jamás me animó a que cuando niño hiciera lo que es natural en niños: figuras y dibujos...

—Es raro..., es raro... —murmuraba Joaquín—. Pero...

Abel sentía desasosiego al ver la expresión del rostro de su suegro, el lívido fulgor de sus ojos. Sentíase que algo le escarabajeaba dentro, algo doloroso y que deseaba echar fuera; algún veneno, sin duda. Siguióse a esas últimas palabras un silencio cargado de acre amargura. Y lo rompió Joaquín diciendo:

—No me explico que no quisiese dedicarte a pintor...

—No, no quería que fuese lo que él...

Siguió otro silencio, que volvió a romper, como con pesar, Joaquín, exclamando, como quien se decide a una confesión:

—¡Pues sí, lo comprendo!

Abel tembló, sin saber a punto cierto por qué, al oír el tono y timbre con que su suegro pronunció esas palabras.

—¿Pues...? —interrogó el yerno.

—No..., nada... —y el otro pareció recojerse en sí.

—¡Dímelo! —suplicó el yerno, que por ruego de Joaquín ya le tuteaba como a padre amigo —¡amigo y cómplice!—, aunque temblaba de oír lo que pedía se le dijese.

—No, no, no quiero que digas luego...

—Pues eso es peor, padre, que decírmelo, sea lo que fuere. Además, que creo adivinarlo...

—¿Qué? —preguntó el suegro, atravesándole los ojos con la mirada.

—Que acaso temiese que yo con el tiempo eclipsara su gloria.

—¡Sí —añadió con reconcentrada voz Joaquín—, sí, eso! ¡Abel Sánchez hijo, o Abel Sánchez el Joven! Y que luego se le recordase a él como tu padre y no a ti como a su hijo. Es tragedia que se ha visto más de una vez dentro de las familias... Eso de que un hijo haga sombra a su padre...

—Pero eso es... —dijo el yerno por decir algo.

—Eso es envidia, hijo, nada más que envidia.

—¡Envidia de un hijo! ¡Y de un padre!

—Sí, y la más natural. La envidia no puede ser entre

personas que no se conocen apenas. No se envidia al de otras tierras ni al de otros tiempos. No se envidia al forastero, sino los del mismo pueblo entre sí; no al de más edad, al de otra generación, sino al contemporáneo, al camarada. Y la mayor envidia, entre hermanos. Por algo es la leyenda de Caín y Abel... Los celos más terribles, tenlo por seguro, han de ser los de uno que cree que su hermano pone ojos en su mujer, en la cuñada... Y entre padres e hijos...

—Pero ¿y la diferencia de edad en este caso?

—¡No importa! Eso de que nos llegue a oscurecer aquel a quien hicimos...

—¿Y del maestro al discípulo? —preguntó Abel.

Joaquín se calló, clavando un momento su vista en el suelo, bajo el que adivinaba la tierra, y luego añadió, como hablando con ella, con la tierra:

—Decididamente, la envidia es una forma de parentesco.

Y luego:

—Pero hablemos de otra cosa, y todo esto, hijo, como si no lo hubiese dicho. ¿Lo has oído?

—¡No!

—¿Cómo que no?...

—Que no he oído lo que antes dijiste.

—¡Ojalá no lo hubiese oído yo tampoco! —y la voz le lloraba.

XXXIII

Solía ir Helena a casa de su nuera, de sus hijos para introducir un poco de gusto más fino, de mayor elegancia, en aquel hogar de burgueses sin distinción, para corregir —así lo creía ella— los defectos de la educación de la pobre Joaquina, criada por aquel padre lleno de una soberbia sin fundamento y por aquella pobre madre que había tenido que cargar con el hombre que otra desdeñó. Y cada día dictaba alguna lección de buen tono y de escojidas maneras.

—¡Bien, como quieras! —solía decir Antonia.

Y Joaquina, aunque recomiéndose, resignábase. Pero dispuesta a rebelarse un día. Y si no lo hizo fue por los ruegos de su marido.

—Como usted quiera, señora —le dijo una vez y recalcando el *usted*, que no habían logrado lo dejase al hablarle—; yo no entiendo de esas cosas ni me importa. En todo eso se hará su gusto...

—Pero si no es mi gusto, hija si es...

—¡Lo mismo da! Yo me he criado en la casa de un médico, que es ésta, y cuando se trate de higiene, de salubridad y luego que nos llegue el hijo, de criarle, sé lo que he de hacer; pero ahora, en estas cosas que llama usted de gusto, de distinción, me someto a quien se ha formado en casa de un artista.

—Pero no te pongas así, chicuela.

—No, si no me pongo. Es que siempre nos está usted echando en cara que si esto no se hace así, que si se hace asá. Después de todo, no vamos a dar saraos ni tés danzantes.

—No sé de dónde te ha venido hija, ese fingido desprecio, fingido, sí, fingido, lo repito, fingido...

—Pero si yo no he dicho nada, señora...

—... Ese fingido desprecio a las buenas formas, a las conveniencias sociales. ¡Aviados estaríamos sin ellas...! No se podría vivir!

Como a Joaquina le habían recomendado su padre y su marido que se pasease, airease y soleaase la sangre que iba dando al hijo que vendría, y como ellos no podían siempre acompañarla, y Antonia no gustaba de salir de casa, escoltábala Helena, su suegra. Y se complacía en ello, en llevarla al lado como a una hermana menor, pues por tal la tomaban los que no la conocían, en hacerle sombra con su espléndida hermosura casi intacta por los años. A su lado su nuera se borraba a los ojos precipitados de los transeúntes. El encanto de Joaquina era para paladeado lentamente por los ojos, mientras que Helena se ataviaba para barrer las miradas de los distraídos. «¡Me quedo con la madre!» —oyó que una vez decía un mocetón a modo de chicoleo, cuando al pasar ellas le oyó que llamaba *hija* a Joaquina, y respiró más fuerte, humedeciéndose con la punta de la lengua los labios.

—Mira hija —solía decirle a Joaquina—, haz lo más por disimular tu estado; es muy feo eso de que se conozca que una muchacha está encinta... es así como una petulancia...

—Lo que yo hago, madre, es andar cómoda, y no cuidarme de lo que crean o no crean... Aunque estoy en lo que los cursis llaman estado interesante, no me hago la tal, como otras se habrán hecho y se hacen. No me preocupo de esas cosas.

—Pues hay que preocuparse; se vive en el mundo.

—¿Y qué más da que lo conozcan?... ¿O es que no le gusta a usted, madre, que sepan que va para abuela? —añadió con sorna.

Helena se escocía al oír la palabra odiosa: abuela, pero se contuvo.

—Pues mira, lo que es por edad... —dijo picada.

—Sí, por edad podía usted ser madre de nuevo —repuso la nuera, hiriéndola en lo vivo.

—Claro, claro —dijo Helena, sofocada y sorprendida, inerme por el brusco ataque—. Pero eso de que se te queden mirando...

—No, esté tranquila, pues a usted es más bien a la que

miran. Se acuerdan de aquel magnífico retrato, de aquella obra de arte...

—Pues yo, en tu caso... —empezó la suegra.

—Usted, en mi caso, madre, y si pudiese acompañarme en mi estado mismo, ¿entonces?

—Mira, niña, si sigues así nos volvemos en seguida y no vuelvo a salir contigo ni a pisar tu casa...; es decir, la de tu padre.

—¡La mía, señora, la mía, y la de mi marido y la de usted!...

—¿Pero de dónde has sacado ese geniecillo, niña?

—¿Geniecillo? ¡Ah, sí, el genio es de otros!

—Miren, miren la mosquita muerta..., la que se iba a monja antes de que su padre le pescase a mi hijo...

—Le he dicho a usted ya, señora, que no vuelva a mentarme eso. Yo sé lo que me hice.

—Y mi hijo también.

—Sí, sabe también lo que se hizo, y no hablemos más de ello.

XXXIV

Y vino al mundo el hijo de Abel y de Joaquina, en quien se mezclaron las sangres de Abel Sánchez y de Joaquín Monegro.

La primer batalla fue la del nombre que había de ponérsele; su madre quería que Joaquín; Helena, que Abel, y Abel su hijo, Abelín y Antonia remitieron la decisión a Joaquín que sería quien le diese nombre. Y fue un combate en el alma de Monegro. Un acto tan sencillo como es dar nombre a un hombre nuevo, tomaba para él el tamaño de algo agorero, de un sortilegio fatídico. Era como si se decidiera el porvenir del nuevo espíritu.

«Joaquín —se decía éste—, Joaquín, sí, como yo, y luego será Joaquín S. Monegro y hasta borrará la ese, la ese a que se le reducirá ese odioso Sánchez, y desaparecerá su nombre, el de su hijo, y su linaje quedará anegado en el mío... Pero no, es mejor que sea Abel Monegro, Abel S. Monegro, y se redimía así el Abel. Abel es su abuelo, pero Abel es también su padre, mi yerno, mi hijo, que ya es mío, un Abel mío, que he hecho yo. ¿Y qué más da que se llame Abel, si él, el otro, su otro abuelo, no será Abel ni nadie le conocerá por tal, sino será como yo le llame en las *Memorias*, con el nombre con que lo marque en la frente con fuego? Pero no...»

Y mientras así dudaba, fue Abel Sánchez, el pintor, quien decidió la cuestión, diciendo:

—Que se llame Joaquín. Abel el abuelo, Abel el padre, Abel el hijo, tres Abeles..., ¡son muchos! Además, no me gusta, es nombre de víctima...

—Pues bien dejaste ponérselo a tu hijo... —objetó Helena.

—Sí, fue empeño tuyo, y por no oponerme... Pero figúrate que en vez de haberse dedicado a médico se dedica a pintor, pues... Abel Sánchez el Viejo y Abel Sánchez el Joven...

—Y Abel Sánchez no puede haber más que uno —añadió Joaquín sotorriéndose.

—Por mí, que haya ciento —replicó aquél—. Yo siempre he de ser yo.

—¿Y quién lo duda? —dijo su amigo.

—Nada, nada, que se llame Joaquín, ¡decidido!

—¿Y que no se dedique a la pintura, ¿eh?

—Ni a la medicina —concluyó Abel, fingiendo seguir la fingida broma.

Y Joaquín se llamó el niño.

XXXV

Tomaba al niño su abuela Antonia, que era quien le cuidaba, y apechugándolo como para ampararlo y cual si presintiese alguna desgracia, le decía: «Duerme, hijo mío, duerme, que cuanto más duermas, mejor. Así crecerás sano y fuerte. Y luego también, mejor dormido que despierto, sobre todo en esta casa. ¿Qué va a ser de ti? ¡Dios quiera que no riñan en ti dos sangres!» Y dormido el niño, ella, teniéndole en brazos, rezaba y rezaba.

Y el niño crecía a la par que la *Confesión* y las *Memorias* de su abuelo de madre y que la fama de pintor de su abuelo de padre. Pues nunca fue más grande la reputación de Abel que en este tiempo. El cual, por su parte, parecía preocuparse muy poco de toda otra cosa que no fuese su reputación.

Una vez se fijó más intensamente en el nietecillo, y fue que al verle una mañana dormido, exclamó: «¡Qué precioso apunte!» Y tomando un álbum se puso a hacer un bosquejo a lápiz del niño dormido.

—¡Qué lástima —exclamó— no tener aquí mi paleta y mis colores! Ese juego de luz en la mejilla, que parece como de melocotón, es encantador. ¡Y qué color del pelo! ¡Si parecen rayos del sol los rizos!

—Y luego —le dijo Joaquín—, ¿cómo le llamarías al cuadro? ¿Inocencia?

—Eso de poner títulos a los cuadros se queda para los literatos, como para los médicos el poner nombres a las enfermedades, aunque no se curen.

—¿Y quién te ha dicho, Abel que sea propio de la medicina curar las enfermedades?

—Entonces, ¿qué es?

—Conocerlas. El fin de la ciencia es conocer.

—Yo creí que conocer para curar. ¿De qué nos servi-

ría haber probado el fruto de la ciencia del bien y del mal
si no era para librarnos de éste?

—Y el fin del arte, ¿cuál es? ¿Cuál es el fin de ese dibujo de nuestro nieto que acabas de hacer?

—Eso tiene su fin en sí. Es una cosa bonita y basta.

—¿Qué es lo bonito? ¿Tu dibujo o nuestro nieto?

—¡Los dos!

—¿Acaso crees que tu dibujo es más hermoso que él,
que Joaquinito?

—¡Ya estás en las tuyas! ¡Joaquín, Joaquín!

Y vino Antonia, la abuela, y cojió al niño de la cuna
y se lo llevó como para defenderle de uno y de otro abuelo. Y le decía: «Ay, hijo, hijito, hijo mío, corderito de
Dios, sol de la casa, angelito sin culpa, ¡que no te retra-
ten, que no te curen! No seas modelo de pintor, no seas
enfermo de médico... Déjales, déjales con su arte y con
su ciencia y vente con tu abuelita, tú; vida mía, vida, vidita, vidita mía. Tú eres mi vida; tú eres nuestra vida; tú
eres el sol de esta casa. Yo te enseñaré a rezar por tus
abuelos y Dios te oirá. Vente conmigo, vidita, vida, corderito sin mancha, ¡corderito de Dios!» Y no quiso Antonia ver el apunte de Abel.

XXXVI

Joaquín seguía con su enfermiza ansiedad el crecimien-
to en cuerpo y en espíritu de su nieto Joaquinito. ¿A
quién salía? ¿A quién se parecía? ¿De qué sangre era? Sobre todo cuando empezó a balbucir.

Desasosegábale al abuelo que el otro abuelo, Abel, desde que tuvo el nieto, frecuentaba la casa de su hijo y hacía que le llevasen a la suya al pequeñuelo. Aquel gran-
dísimo egoísta —por tal le tenían su hijo y su consue-
gro— parecía ablandarse de corazón y aun aniñarse ante

el niño. Solía ir a hacerle dibujos, lo que encantaba a la criatura. «*Abelito,* ¡santos!», le pedía. Y Abel no se cansaba de dibujarle perros, gatos, caballos, toros, figuras humanas. Ya le pedía un jinete, ya dos chicos haciendo cachetina, ya un niño corriendo de un perro que le sigue, y que las escenas se repitiesen.

—¡En mi vida he trabajado con más gusto —decía Abel—; esto, esto es arte puro y lo demás... chanfaina!

—Puedes hacer un álbum de dibujos para los niños —le dijo Joaquín.

—No, así no tiene gracia, para los niños... ¡no! Eso no sería arte, sino...

—Pedagogía —dijo Joaquín.

—Eso sí, sea lo que fuere, pero arte, no. Esto es arte, estos; estos dibujos que dentro de media hora romperá nuestro nieto.

—¿Y si yo los guardase? preguntó Joaquín.

—¿Guardarlos? ¿Para qué?

—Para tu gloria. He oído de no sé qué pintor de fama que se han publicado los dibujos que les hacía, para divertirles, a sus hijos, y que son lo mejor de él.

—Yo no los hago para que los publiquen luego, ¿lo entiendes? Y, en cuanto a eso de la gloria, que es una de tus reticencias, Joaquín, sábete que no se me da un comino de ella.

—¡Hipócrita! Si es lo único que de veras te preocupa...

—¿Lo único? Parece mentira que me lo digas ahora. Hoy lo que me preocupa es este niño. ¡Y será un gran artista!

—Que herede tu genio, ¿no?

—¡Y el tuyo!

El niño miraba sin comprender el duelo entre sus dos abuelos, pero adivinando algo en sus actitudes.

—¿Qué le pasa a mi padre —preguntaba a Joaquín su yerno— que está chocho con el nieto, él que apenas nunca me hizo caso? Ni recuerdo que siendo yo niño me hiciese esos dibujos...

—Es que vamos para viejos, hijo —le respondió Joaquín— y la vejez enseña mucho.

—Y hasta el otro día, a no sé qué pregunta del niño, le vi llorar. Es decir, le salieron las lágrimas. Las primeras que le he visto.

—¡Bah! ¡Eso es cardíaco!

—¿Cómo?

—Que tu padre está ya gastado por los años y el trabajo y por el esfuerzo de la inspiración artística y por las emociones, que tiene muy mermadas las reservas del corazón y que el mejor día...

—¿Qué?

—Os da, es decir, nos da un susto. Y me alegro que haya llegado la ocasión de decírtelo, aunque ya pensaba en ello. Adviérteselo a Helena, a tu madre.

—Sí, él se queja de fatiga, de disnea. ¿Será...?

—Eso es. Me ha hecho que le reconozca sin saberlo tú y le he reconocido. Necesita cuidado.

Y así era que en cuanto se encrudecía el tiempo Abel se quedaba en casa y hacía que le llevasen a ella al nieto, lo que amargaba para todo el día al otro abuelo. «Me lo está mimando —se decía Joaquín—, quiere arrebatarme su cariño; quiere ser el primero; quiere vengarse de lo de su hijo. Sí, sí, es por venganza, nada más que por venganza. Quiere quitarme este último consuelo. Vuelve a ser él, él, el que me quitaba los amigos cuando éramos mozos.»

Y en tanto Abel le repetía al nietecito que quisiera mucho al abuelito Joaquín.

—Te quiero más a ti— le dijo una vez el nieto.

—¡Pues no! No debes quererme a mí más; hay que querer a todos por igual. Primero a papá y mamá, y lue-

go a los abuelos, a todos lo mismo. El abuelito Joaquín
es muy bueno, te quiere mucho, te compra juguetes...
—También tú me los compras...
—Te cuenta cuentos.
—Me gustan más los dibujos que tú me haces. ¡Anda,
píntame un toro y un picador a caballo!

XXXVII

—Mira, Abel —le dijo solemnemente Joaquín, así que
se encontraron solos—; vengo a hablarte de una cosa gra-
ve, muy grave, de una cuestión de vida o muerte.
—¿De mi enfermedad?
—No, pero si quieres de la mía.
—¿De la tuya?
—¡De la mía, sí! Vengo a hablarte de nuestro nieto. Y
para no andar con rodeos es menester que te vayas, que
te alejes, que nos pierdas de vista; te lo ruego, te lo su-
plico...
—¿Yo? ¿Pero estás loco, Joaquín? ¿Y por qué?
—El niño te quiere a ti más que a mí. Esto es claro.
Yo no sé lo que haces con él... No quiero saberlo...
—Lo aojaré o le daré algún bebedizo, sin duda...
—No lo sé. Le haces esos dibujos, esos malditos dibu-
jos, le entretienes con las artes perversas de tu maldito
arte...
—¡Ah!, ¿pero eso también es malo? Tú no estás bueno, Joaquín.
—Puede ser que no esté bueno, pero eso no importa
ya. No estoy en edad de curarme. Y si estoy malo debes
respetarme. Mira, Abel, que me amargaste la juventud,
que me has perseguido la vida toda...
—¿Yo?

—Sí, tú, tú.

—Pues lo ignoraba.

—No finjas. Me has despreciado siempre...

—Mira, si sigues así, me voy, porque me pones malo de verdad. Ya sabes mejor que nadie que no estoy para oír locuras de ese jaez. Vete a un manicomio a que te curen o te cuiden y déjanos en paz.

—Mira, Abel, que me quitaste, por humillarme, por rebajarme, a Helena...

—¿Y no has tenido a Antonia?...

—¡No, no es por ella, no! Fue el desprecio, la afrenta, la burla.

—Tú no estás bueno, te lo repito, Joaquín, no estás bueno...

—Peor estás tú.

—De salud del cuerpo, desde luego. Sé que no estoy para vivir mucho.

—Demasiado...

—¡Ah!, ¿pero me deseas la muerte?

—No, Abel, no, no digo eso —y tomó Joaquín tono de quejumbrosa súplica, diciéndole—: Vete, vete de aquí, vete a vivir a otra parte, déjame con él... No me lo quites... por lo que te queda...

—Pues por lo que me queda, déjame con él.

—No, que me le envenenas con tus mañas, que le despegas de mí, que le enseñas a despreciarme...

—¡Mentira, mentira y mentira! Jamás me ha oído ni me oirá nada en desprestigio tuyo.

—Sí, pero basta con lo que le engatusas.

—¿Y crees tú que por irme yo, por quitarme yo de en medio había de quererte? Si a ti, Joaquín, aunque uno se proponga no puede quererte. Si rechazas a la gente...

—¿Lo ves, lo ves...?

—Y si el niño no te quiere como tú quieres ser querido, con exclusión de los demás o más que a ellos, es que presiente el peligro, es que teme...

—¿Y qué teme? —preguntó Joaquín, palideciendo.

—El contagio de tu mala sangre.

Levantóse entonces Joaquín, lívido, se fue a Abel y le puso las dos manos, como dos garras, en el cuello, diciendo:

—¡Bandido!

Mas al punto las soltó. Abel dio un grito llevándose las manos al pecho, suspiro un «¡Me muero!», y dio el último suspiro. Joaquín se dijo: «El ataque de angina; ya no hay remedio. ¡Se acabó!»

En aquel momento oyó la voz del nieto que llamaba: «¡Abuelito! ¡Abuelito!» Joaquín se volvió:

—¿A quién llamas? ¿A qué abuelo llamas? ¿A mí? —y como el niño callara lleno de estupor ante el misterio que veía—: Vamos, di, ¿a qué abuelo? ¿A mí?

—No, al abuelito Abel.

—¿A Abel? Ahí le tienes... muerto. ¿Sabes lo que es eso? Muerto.

Después de haber sostenido en la butaca en que murió el cuerpo de Abel, se volvió Joaquín al nieto y con voz de otro mundo le dijo:

—¡Muerto, sí! Y le he matado yo, yo; ha matado a Abel Caín, tu abuelo Caín. Mátame ahora si quieres. Me quería robarte; quería quitarme tu cariño. Y me lo ha quitado. Pero él tuvo la culpa, él.

Y rompiendo a llorar, añadió:

—Me quería robarte, a ti, al único consuelo que le quedaba al pobre Caín. ¿No le dejarán a Caín nada? Ven acá, abrázame.

El niño huyó sin comprender nada de aquello, como se huye de un loco. Huyó llamando a Helena:

—Abuela, abuela.

—Le he matado sí —continuó Joaquín solo—; pero él

me estaba matando; hace más de cuarenta años que me estaba matando. Me envenenó los caminos de la vida con su alegría y con sus triunfos. Quería robarme el nieto...

Al oír pasos precipitados, volviendo Joaquín en sí, volvióse. Era Helena, que entraba.

—¿Qué pasa..., qué sucede..., qué dice el niño?...

—Que la enfermedad de tu marido ha tenido un fatal desenlace —dijo Joaquín heladamente.

—¿Y tú?

—Yo no he podido hacer nada. En esto se llega siempre tarde. Helena le miró fijamente y le dijo:

—¡Tú..., tú has sido!

Luego se fue, pálida y convulsa, pero sin perder su compostura, al cuerpo de su marido.

XXXVIII

Pasó un año en que Joaquín cayó en una honda melancolía. Abandonó sus *Memorias*, evitaba ver a todo el mundo, incluso a sus hijos. La muerte de Abel había parecido el natural desenlace de su dolencia, conocida por su hija, pero un espeso bochorno de misterio pesaba sobre la casa. Helena encontró que el traje de luto la favorecía mucho, y empezó a vender los cuadros que de su marido le quedaban. Parecía tener cierta aversión al nieto. Al cual le había nacido ya una hermanita.

Postróle, al fin, a Joaquín una oscura enfermedad en el lecho. Y sintiéndose morir llamó un día a sus hijos, a su mujer, a Helena.

—Os dijo verdad el niño —empezó diciendo—, yo le maté.

—No digas esas cosas, padre —suplicó Abel, su yerno.

—No es hora de interrupciones ni de embustes. Yo le

maté. O como si yo le hubiera matado, pues murió en mis manos...

—Eso es otra cosa.

—Se me murió teniéndole yo en mis manos, cojido del cuello. Aquello fue como un sueño. Toda mi vida ha sido como un sueño. Por eso ha sido como una de esas pesadillas dolorosas que nos caen encima poco antes de despertar, al alba, entre el sueño y la vela. No he vivido, ni dormido... ¡ojalá!, ni despierto. No me acuerdo ya de mis padres, no quiero acordarme de ellos y confío en que ya muertos me hayan olvidado. ¿Me olvidará también Dios? Sería lo mejor acaso, el eterno olvido. ¡Olvidadme, hijos míos!

—¡Nunca!... —exclamó Abel, yendo a besarle la mano.

—¡Déjala! Estuvo en el cuello de tu padre al morirse éste. ¡Déjala! Pero no me dejéis. Rogad por mí.

—¡Padre, padre... —suplicó la hija.

—¿Por qué he sido tan envidioso, tan malo? ¿Qué hice para ser así? ¿Qué leche mamé? ¿Era un bebedizo de odio? ¿Ha sido un bebedizo de sangre? ¿Por qué nací en tierra de odios? En tierra en que el precepto parece ser: «Odia a tu prójimo como a ti mismo.» Porque he vivido odiándome; porque aquí todos vivimos odiándonos. Pero... traed al niño.

—¡Padre!

—¡Traed al niño!

Y cuando el niño llegó le hizo acercarse:

—¿Me perdonas? —le preguntó.

—No hay de qué —dijo Abel.

—Di que sí, arrímate al abuelo —le dijo su madre.

—Sí —susurró el niño.

—Di claro, hijo mío, di si me perdonas.

—Sí.

—Así, sólo de ti, sólo de ti, que no tienes todavía uso de razón, de ti que eres inocente, necesito perdón. Y no olvides a tu abuelo Abel, al que te hacía los dibujos. ¿Le olvidarás?

—¡No!

—No, no le olvides, hijo mío, no le olvides. Y tú, Helena...

Helena, la vista en el suelo, callaba.

—Y tú, Helena...

—Yo, Joaquín, te tengo hace tiempo perdonado.

—No te pedía eso. Sólo quería verte junto a Antonia. Antonia...

La pobre mujer, henchidos en lágrimas lo ojos, se echó sobre la cabeza de su marido, y como queriendo protegerla.

—Tú has sido aquí la víctima. No pudiste curarme, no pudiste hacerme bueno...

—¡Pero si lo has sido, Joaquín!... ¡Has sufrido tanto!...

—Sí, la tisis del alma. Y no pudiste hacerme bueno, porque no te he querido.

—¡No digas eso!...

—Sí, lo digo, lo tengo que decir, y lo digo aquí, delante de todos. No te he querido. Si te hubiera querido me habría curado. No te he querido. Y ahora me duele no haberte querido. Si pudiéramos volver a empezar...

—¡Joaquín, Joaquín!... —clamaba desde el destrozado corazón la pobre mujer—. No digas esas cosas. Ten piedad de mí, ten piedad de tus hijos, de tu nieto que te oye y que, aunque parece no entenderte, acaso mañana...

—Por eso lo digo, por piedad. No, no te he querido; no he querido quererte. ¡Si volviésemos a empezar...! Ahora, ahora es cuando...

No le dejó acabar su mujer, tapándole la moribunda boca con su boca y como si quisiera recojer en el propio su último aliento.

—Esto te salva, Joaquín.

—¿Salvarme? ¿Y a qué llamas salvarse?

—Aún puedes vivir unos años, si lo quieres.

—¿Para qué? ¿Para llegar a viejo? ¿A la verdadera vejez? ¡No, la vejez, no! La vejez egoísta no es más que una
infancia en que hay conciencia de la muerte. El viejo es
un niño que sabe que ha de morir. No, no quiero llegar
a viejo. Reñiría con los nietos por celos..., ¡les odiaría!...
No, no... ¡basta de odio! Pude quererte, debí quererte,
que habría sido mi salvación, y no te quise.

Calló. No quiso o no pudo proseguir. Besó a los suyos. Horas después rendía su último cansado respiro.

¡QUEDA ESCRITO!

Bibliografía

Ediciones

Abel Sánchez. Una historia de pasión. Primera edición. 233 pp., Ed. Renacimiento, Madrid, 1917.

Segunda edición, en *Obras Completas*, vol. IV, con un prólogo del autor. Ed. Renacimiento, Madrid, 1928.

Ed. Espasa-Calpe, col. Austral, núm. 112, Buenos Aires-Madrid, 152 págs. 1.ª ed. 1940; 2.ª ed. 1943; 3.ª ed. 1945; 4.ª ed. 1947; 5.ª ed. 1952; 6.ª ed. 1956; 7.ª ed. 1958; 8.ª ed. 1963; 9.ª ed. 1965; 10.ª ed. 1967; 11.ª ed. 1971; 12.ª ed. 1975; 13.ª ed. 1977; 14.ª ed. 1979; 15.ª ed. 1980; 16.ª ed. 1983; 17.ª ed. 1985.

Obras Selectas. Ed. Pléyade, Madrid, 1946.

Abel Sánchez, unabriged novel of Miguel de Unamuno», Introduction by Angel del Río. 191 pp. Columbia University, The Dryden Press, Nueva York, 1947.

Obras Completas. Seis volúmenes. Afrodisio Aguado, Madrid, 1950-1951, tomo II.

Obras Selectas. Ed. Plenitud, Madrid, 1.ª ed. 1950; 2.ª ed. 1954; 3.ª ed. 1956; 4.ª ed. 1960 y 5.ª ed. 1965.

Obras Completas. Tomo II. Introducción y notas Manuel García Blanco. Ed. Escelicer, 1966-1971, pp. 683-759.

Abel Sánchez. Una historia de pasión. Introducción y análisis Graciela L. Reyes y Loda B. Schiavo. Biblioteca Escolar Literaria, 19, Ed. Santillana, Madrid, 1975, 166 pp.

Abel Sánchez. Una historia de pasión. Prólogo de José Luis Abellán. Ed. Castalia, 1985.

Traducciones

Alemán.

Abel Sánchez: die Geschichte einer Leidenschaft. Prólogo y traducción de Walter von Wartburg, München, Meyer und Jessen, 1925, Gesammelte Werke, II, 169 pp.

Segunda edición, Leipzig, Phaidon, 1933, 194 pp.

Checo.

Abel Sánchez. Pribeh Vasnae, Praga, Aventinum, 1928, 120 pp. Románová Knihovna Aventina, vol. XLV.

Francés.

Abel Sánchez. Une histoire de passion, traduit de l'espagnol par Emma H. Clouard. Paris, Mercure de France, 1939, 224 pp.

Holandés.

Abel Sánchez, Verhaal van Hartstocht, traducción del Dr. G. J. Geers, Arnhem, N. V. van Loghum Slaterus Uitgevers, Maatschappij, 1927, 191 pp.

Segunda edición. Cerer-Meppel, 1953, 198 pp. Onvslag-Libra Studio.

Inglés.

Abel Sánchez and other Stories. Translated and with an Introduction by Anthony Kerrigan, Chicago, Gateway Editions Inc., 1956. XIII, 216 pp. (Con *La locura del doctor Montarco* y *San Manuel Bueno, mártir*).

Italiano.

L'ultima leggenda di Caino, traducción de Gilberto Beccari, Milán, Dall'Oglio Editore, 1953. «I Corvi», Collana Universale Moderna, núm. 65, 179 pp.

Abele Sánchez, traducción de Flaviarosa Rossini, en el libro *Miguel de Unamuno. Romanzi e Drammi*, Roma, Gherardo Casini, 1955, pp. 161-250.

Bibliografía

Casares, Julio, «Abel Sánchez. Una historia de pasión», en *Crítica profana*, II. Madrid, 1919.

Pitollet, Camille, Reseña en *Hispania*, III. París, 1920.

Balseiro, José A., «El Vigía», II, «Unamuno, nivolista y novelista». 1928.

Maldonado de Hostos, Cándida, «Abel y Caín en la temática unamunesca», en *Alma latina*, núm. 55, San Juan de Puerto Rico, Puerto Rico, 1935.

Wills, Arthur, «La sombra de Caín», en *España y Unamuno. Un ensayo de apreciación*, Instituto de las Españas, Nueva York, 1938.

Falgairolle, A. de, «Abel Sánchez. Une histoire de passion», *Mercure de France*, CCXCIV, París, 1939.

Jarnés, Benjamín, «Caín y Epitemo», en *Romance*, I, núm. 14, pp. 1-2, México. 1940.

Olivera, M. A., «Unamuno y Chesterton a través de dos novelas (*Abel Sánchez* y *La esfera y la cruz*)», *Argentina Libre*, 15 de agosto, 1940, Buenos Aires.

Masila, Henry, «Miguel de Unamuno's "Abel Sánchez"». Tesis. Universidad de Emory, EE.UU., 1950.

Cabaleiro Goas, M., *Werther, Mischkin y Joaquín Monegro, vistos por un psiquiatra*. Ed. Apolo, Barcelona, 1951.

Clavería, Carlos, «El tema de Caín», en *Temas de Unamuno*. Ed. Gredos, Madrid, 1953.

Stevens, Rosemary Hunt, «Unamuno and the Cain and Abel Theme». Tesis. Radcliff College, EE.UU., 1953.

Kerrigan, Anthony, Introducción a la versión inglesa de *Abel Sánchez y otras historias*. Chicago, H. Regnery, 1956.

Rof Carballo, Juan, «Envidia y Creación», en *Insula*, núm. 145, 15 de diciembre, 1958, Madrid.

González, José E., «Joaquín Monegro, Unamuno y Abel Sánchez», *La Torre*, X, núm. XI. San Juan de Puerto Rico, Puerto Rico, 1962.

Kinney, A. F., «The Multiple Heroes of "Abel Sánchez"», *Studies in Short Fiction*, Newberry College, South Carolina, EE.UU., 1964.

Agacir, «El fratricidio de Monegro», *Cuadernos de la Cátedra Miguel de Unamuno* (CC.MU.), núm. XIV-XV, Salamanca, 1964.

Kronik, J. W., «Unamuno's "Abel Sánchez" and Ala's "Benedictino": a Thematic Parallel», en *Pensamiento y Letras en la España del siglo XX* (Bleiberg e Inman Fox), Vanderblit, Nashville, 1966.

Varela Jácome, Benito, «El tema cainita de "Abel Sánchez"», en «La agónica dimensión de los personajes de Unamuno», en el libro *Renovación de la novela en el siglo XX*, Ed. Destino, Barcelona, 1967.

McGaha, Michael D., «"Abel Sánchez" y la envidia de Unamuno», *CC.MU.*, núm. XXI, Salamanca, 1971.

Thompson, B. B., «Byron's "Cain" and Unamuno's "Abel Sánchez"», Festchriften, Viena, 1971.

Francolí, E., «El tema de Caín y Abel en Unamuno y Buero», en *Romance Notes*, North Carolina, 1972. (Se refiere a «El tragaluz» de Buero.)

Dobson, A., «Unamuno's "Abel Sánchez": An Interpretation», *Modern Language*, 54, pp. 62-67, Londres, 1973.

Cobb, Christopher, H., «Sobre la elaboración de "Abel Sánchez", *CC.MU.*, núm. XXII, Salamanca, 1972.

Round, Nicholas G., *Unamuno, "Abel Sánchez"*, Ed. Grant and Cutler, Londres, 99 pp. (Critics Guides to the Spanish Texts, 12), 1974.

Chavous, Quentin y Alfredo Rodríguez, «Una nota al "Abel Sánchez"», *Papers on Language and literature*, Illinois, EE.UU., 1973.

Slade, Carole, «Unamuno's "Abel Sánchez": l'ombre dolenti

nella ghiaccia» (Inf. 32, 35), Symposium 28, Syracuse, Nueva York. 1974.

Díaz-Peterson, Rosendo, *Abel Sánchez* de Unamuno, un conflicto entre la vida y la escolástica», en *Arbor*, núm. 341, pp. 85-96, Madrid, 1975.

Díez, Ricardo, *El desarrollo estético de la novela de Unamuno*, cap. V: «Abel Sánchez», pp. 145-180, Madrid, 1976.

Nota: Tanto para la preparación de la relación de las ediciones, como para la elaboración de la bibliografía, he tenido muy en cuenta las introducciones del profesor García Blanco a las *O.C.*, publicadas por Ed. Escelicer (1966-1971), así como el libro de Pelayo H. Fernández, *Bibliografía crítica de Miguel de Unamuno*, Ed. José Porrúa, 1976, y la bibliografía unamuniana, que publican los *CC.MU.*, de Salamanca.

Indice